「サマー／タイム／トラベラー1」

ハヤカワ文庫JA
〈JA745〉

サマー/タイム/トラベラー1

新城カズマ

早川書房
5646

Cover Direction & Design 岩郷重力＋WONDER WORKZ。
Cover Illustration 鶴田謙二

——This one's for Winnetka.
And for Our Library, too.

Contents

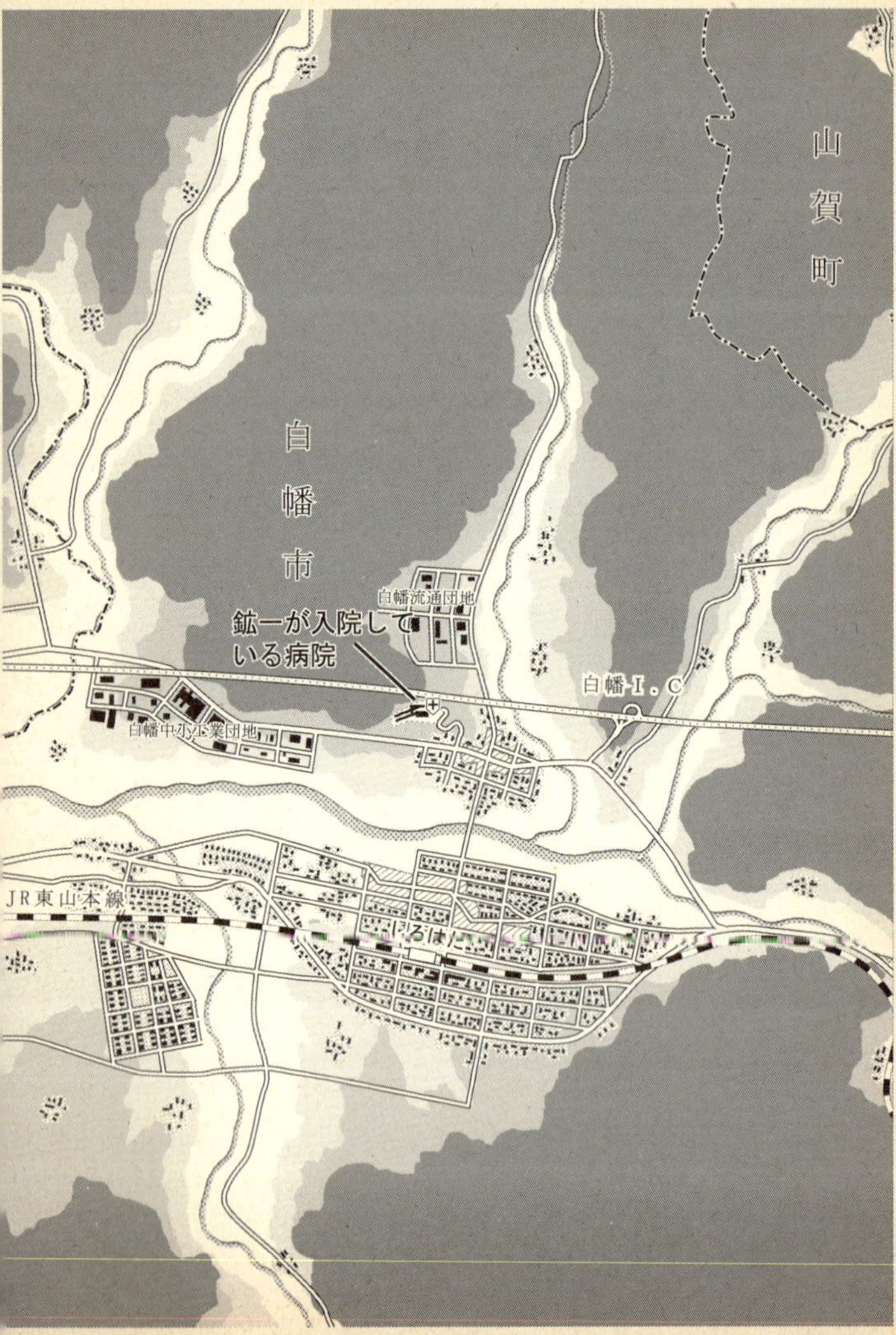
山賀町
白幡市
白幡流通団地
鉱一が入院している病院
白幡I．C
白幡中小企業団地
JR東山本線
いろは

辺里盆地主要部（平成15年現在）
0
5km
5万分の1地形図<辺里><白幡>より作成
産廃処理施設
大久地区クリーンセンター
辺里市
辺里工業団地
東山自動車道
辺里I.C
善福寺川
(141)
かみはた
ほとり
出《いず》
桃園川
流る川
神秦町

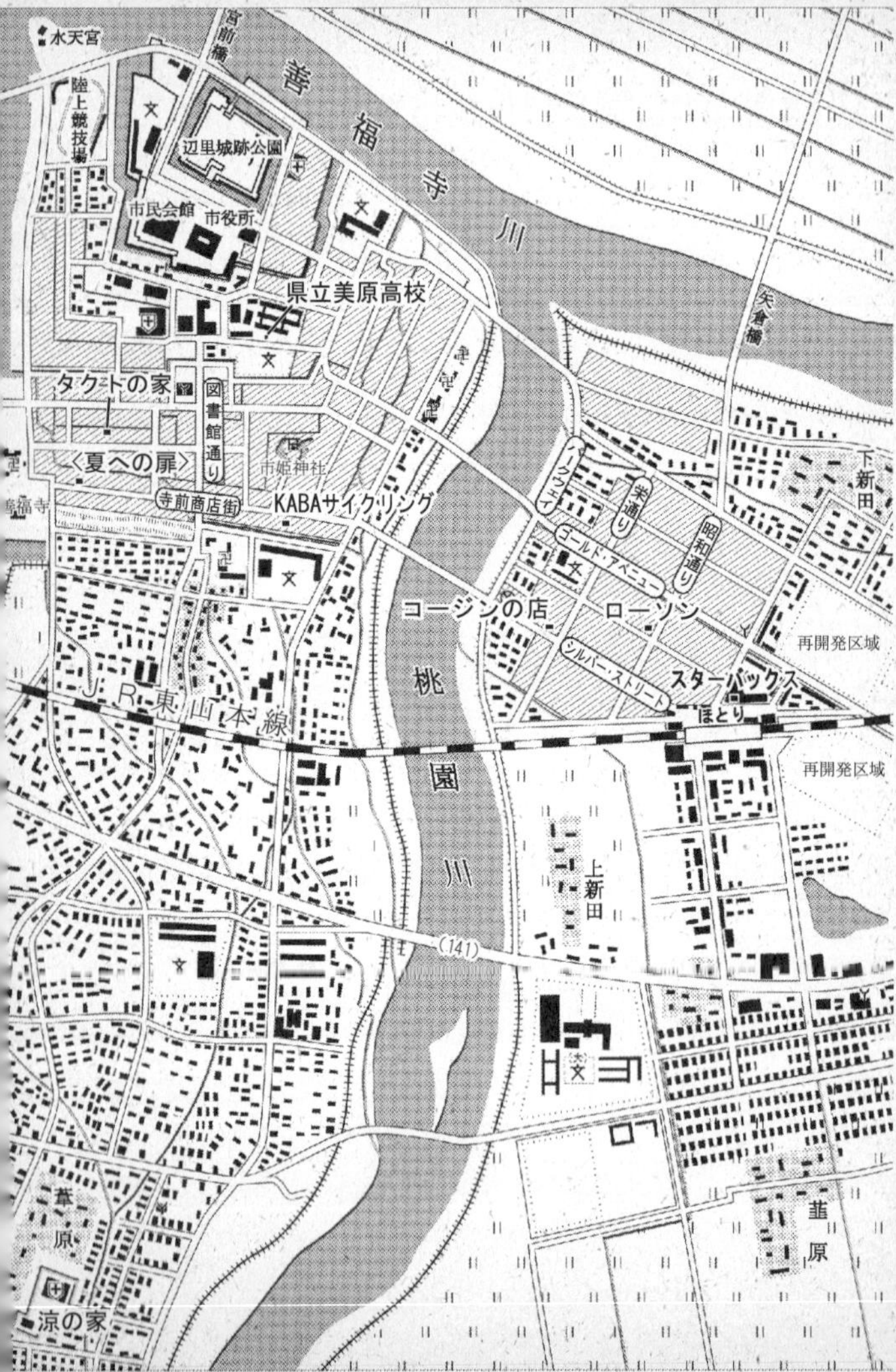

水天宮
宮前橋
陸上競技場
善福寺川
辺里城跡公園
市民会館
市役所
県立美原高校
タクトの家
図書館通り
〈夏への扉〉
市姫神社
寺前商店街
KABAサイクリング
矢倉橋
パークウェイ
栄通り
昭和通り
ゴールド・アベニュー
下新田
コージンの店
ローソン
再開発区域
シルバー・ストリート
スターバックス
ほとり
J.R.東山本線
桃園川
再開発区域
上新田
141
葦原
葦原
涼の家

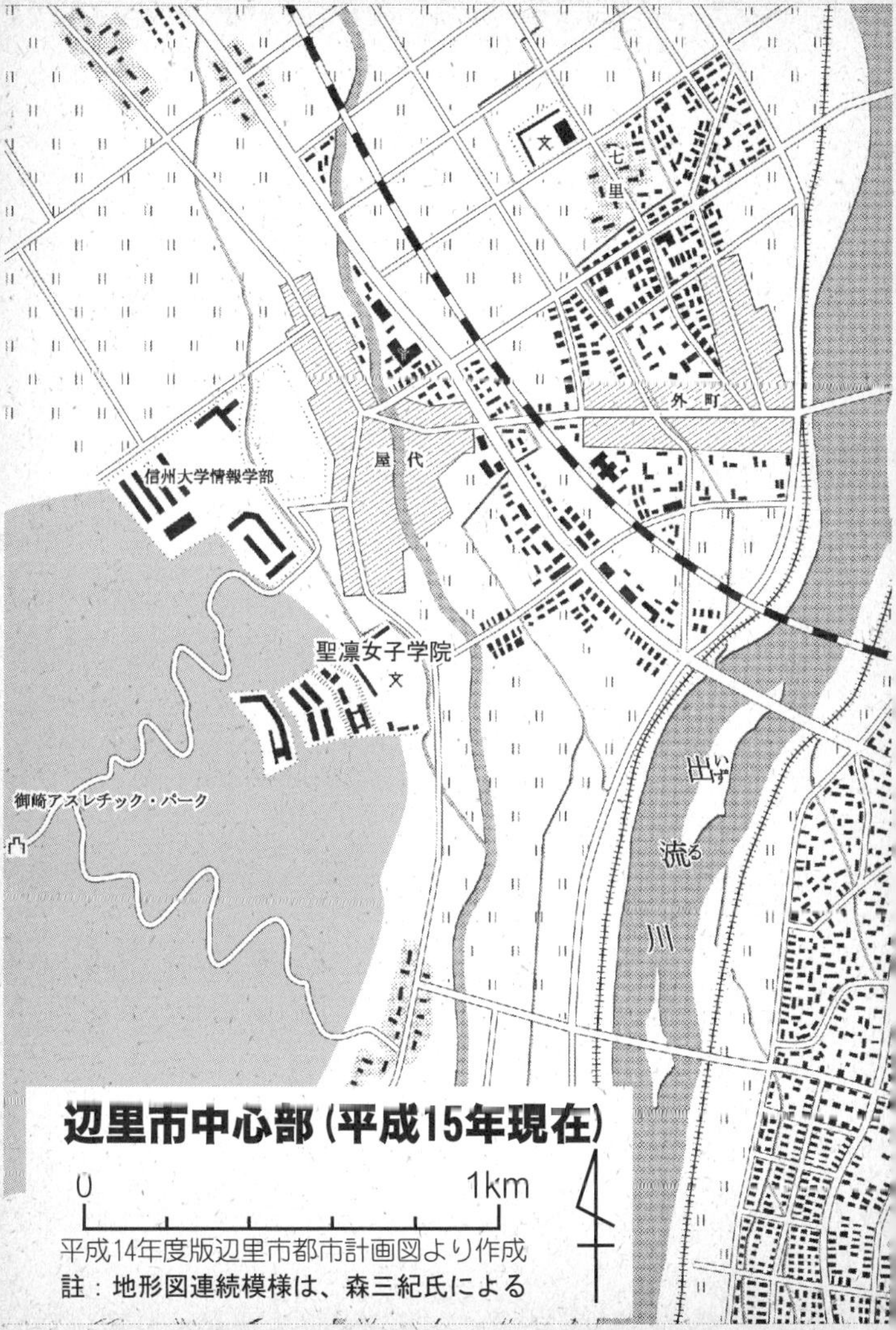

辺里市中心部（平成15年現在）

平成14年度版辺里市都市計画図より作成

註：地形図連続模様は、森三紀氏による

サマー／タイム／トラベラー 1

Summer Time Traveler

Chapter 1 〈プロジェクト〉

原始の辺里盆地

縄文時代には、食料を求めて信濃川から遡上した集団が、さらに支流へ分派したと考えられる。そして、善福寺川を選択したグループが現在の辺里市近辺で生活を営んだ…（中略）また、白幡本町遺跡で出土した土器の特徴から、関東より山岳を越えて辺里盆地に到達した人々もいた。

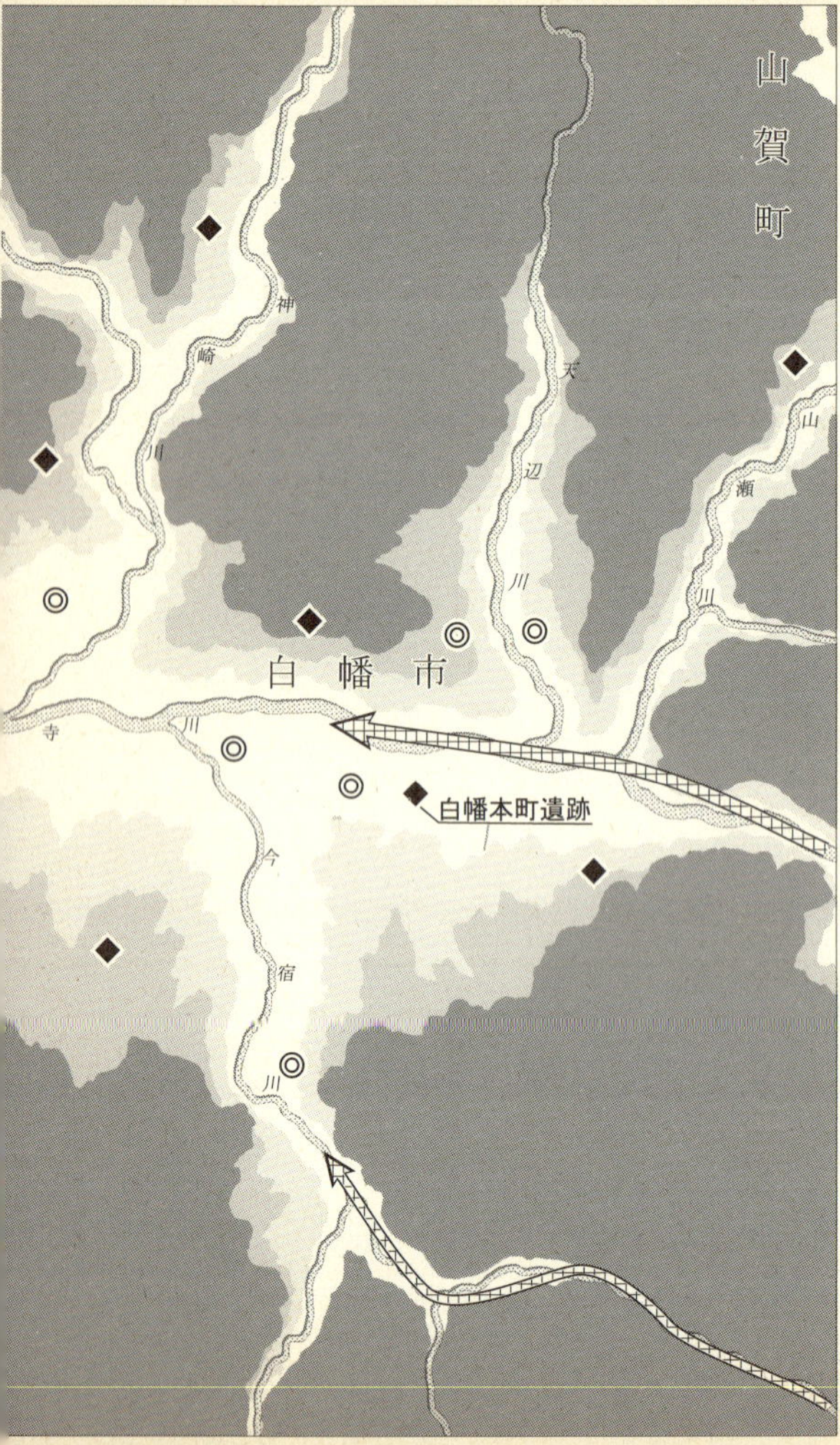

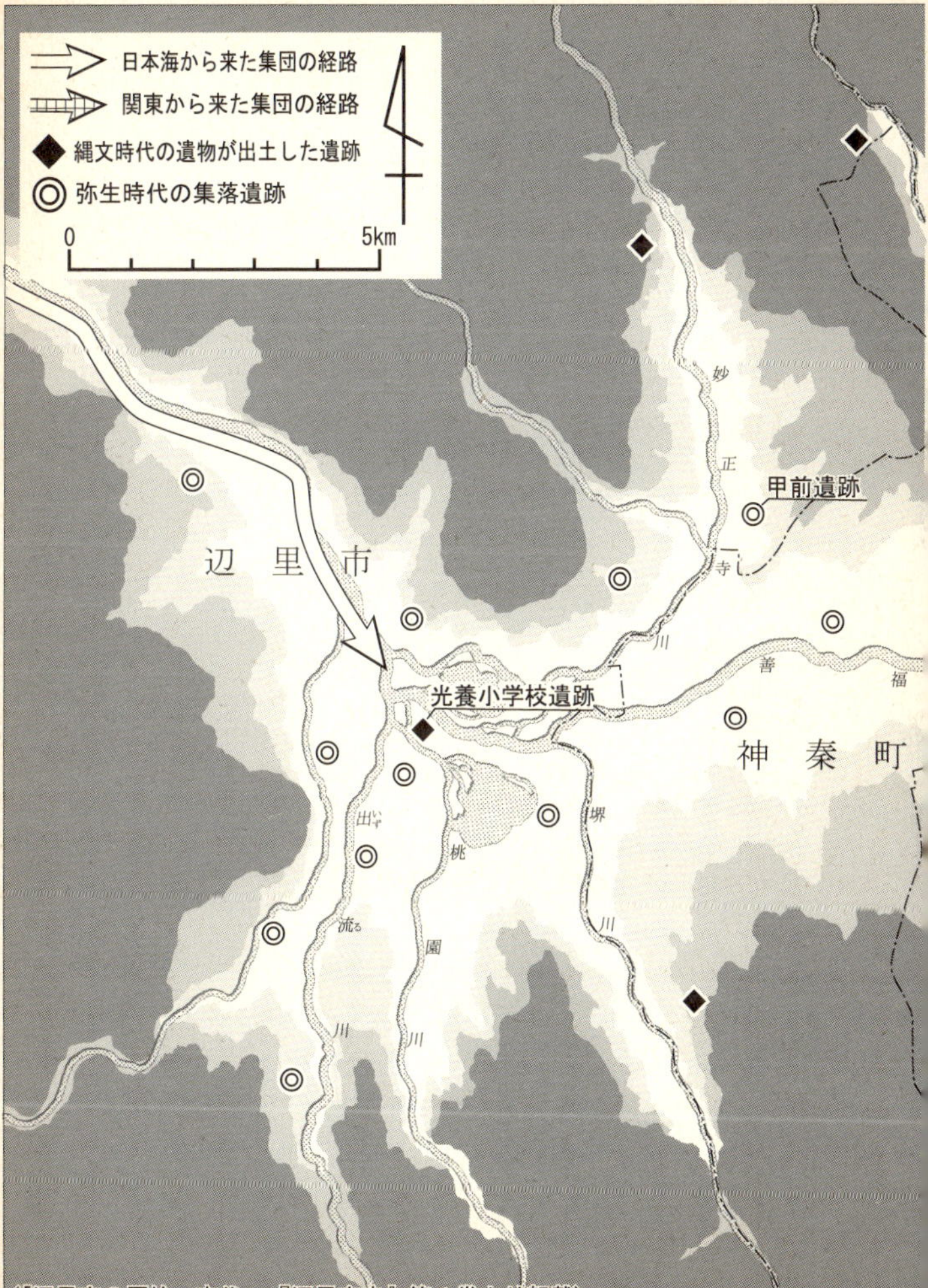

(「辺里市の原始・古代」『辺里市史』第１巻より転載)

1

これは時間旅行《タイムトラベル》の物語だ。

といっても、タイムマシンは出てこない。時空の歪みも、異次元への穴も、セピア色した過去の情景も、タイムパラドックスもない。

ただ単に、ひとりの女の子が——文字どおり——時の彼方へ駆けてった。そしてぼくらは彼女を見送った。つまるところ、それだけの話だ。

だからこそぼくは、ある場所のことから語り始めなくちゃいけない。ぼくらが住んでいた、あの街のことから。

話がズレてる？　たしかに。

だけど、あれは実際そういうことだった。

時間についての物語であるのと同じくらい、もしかしたらそれ以上に、あれは場所についての物語だったんだ。

2

時間と空間は切り離せない。

なんていう古臭い二十世紀物理学風の御託を、ここでもちだすつもりはない。タイムパラドックスが出てこないように、相対性理論とか時空連続体とかそういう堅苦しい単語は、これからぼくが語ろうとする話の中には出てこない。

というか、ほとんど出てこない、ぐらいにしておいたほうがいいだろう。なにしろあのころの饗子《きょうこ》ときたら、ありとあらゆる知識の断片を、祝賀会の紙吹雪みたいにまき散らしていたのだから。でもそれはつまり、ぼくじゃなくて饗子がもちだしてきたということで、ひとつ理解してほしい。

ちなみに、時間を超えて駆けてったのは饗子じゃない。

悠有《ゆう》のほうだ。

饗子は、例の一件には好奇心で関わっていただけ。家出も、アエリズムも、例の夏休みの宿題も、この物語の本筋じゃない。もちろん今となってはそっちの諸々のほうが重大事だと思われていて、それこそ数えきれないくらいの論文やら解説やらが出回っているのだけど。

ついでだからいつもの質問《FAQ》に先回りで答えておくと、コージンと涼《りょう》はどっちも事後従犯みたいなものだったし、悠有の兄貴の鉱一《こういち》さんが誘拐騒ぎの黒幕だったというのも間違いだ。そして例の喫茶店でぼくらが話してたのは、他愛もない冗談とか翻訳ごっことか年表ゲームばっかりで、事件とはほとんど関係がない。そういえば年表ゲームを考えついたのもやっぱり饗子だった。で、悠有はどっちかっていうとソファのすみっこに座ってあの太った灰色猫をぎゅっと抱きしめたまま、ぼくらのゲームをにこにこしながら眺めていただけのような気がする。

ちょっと話が先にとびすぎたみたいだ。そのへんのことはもう少しあとで、うまく順序だてて話すことにしよう。——まずは、あの街のことだ。

ぼくは東京に生まれて、小学二年の三学期以来のほとんどの時間を辺里《ほとり》市で過ごした。『浪費したのよね』と饗子ならいったかもしれない。あいつはそういう口のきかたをするやつだった。それに、あながち外れというわけでもない。

東京。辺里。どちらの街も、ずいぶんと変わってしまった。けれど、先に変わったのは間違いなくぼくらの街のほうだろう。なにしろ悠有の一件があった次の年には、今や懐かしき平成大合併のおかげで名前そのものを捨て去ってしまったのだから。

二つの出来事に関連があったわけじゃない。いや、それとも実はあったんだろうか？どちらともいえる。解釈次第だ。けれど——何もかも関係してる、何事もすぐに知れわたる、地方都市がそういうものだってことだけは確かにいえる。

そして辺里市は、典型的な地方都市だった。

人口は二十万弱。

ほんとのところは一度だって十七万八千を超えたことはなかったけれど、そこを指摘すると街の大人たちはたいてい不機嫌になった。地元の活力がどうのとか、そういう話で、かれらにとって辺里市は二十万弱じゃなくちゃダメなんだ。とくに合併問題がもちあがってからは。

そんなわけで、ぼくらの街はけっして大きくなかった。けれど、そのまわりを巡るとなれば話は別だ。

四方を山に囲まれた盆地の……つまり夏は暑くて冬は寒い、ろくでもない小さな小さな閉鎖世界の西の片隅に、街はあった。その南半分を、ぐるりと十・五キロ。七月下旬のマラソン大会、それがぼくらの高校の一大行事というわけ。

——そう。七月だ。

ほんの三ヶ月前に、ぼくらは中学の制服を永遠にほうりなげ、かったるい入学式とガイダンスと身体検査をこなしてた。『歴史と伝統ある県立美原《みはら》高』の生徒として最初の夏休みは、すぐ翌週に迫りつつあった。

半日かけて汗だくになるだけの、それも期末試験直後の体育行事。できることなら、ぼくもコージンもサボっていただろう（涼は別だ……あいつは真面目な性格だったんだ）。けれど、そうもいかなかった。マラソン大会は、まさしく美原高の歴史であり、伝統であり、神話的な自己確認の儀式だったんだから。学校だけじゃなく、たぶん街全体にとっても。

七十年も前から、この儀式は続いてた。というよりも、ゆっくりと駄目になり続けてた。街のあらゆるものと同じく。

誰も彼も、やる気がなかった。欠席のための言い訳があみ出され、抜け道が開発され、黙認の目配せが決められてた。外からはわからなくても、中身はゆっくりと変質していく。ぼくらの入学する十年前までは、そんな多彩で退廃的な技巧が、先輩から後輩へ代代伝授されていたんだそうだ。ああ、なんて素敵な伝統！

ところが十年前の夏、事態は急変した——そりゃそうだろう、なにしろ全校生徒の半分近くがいきなりコースから一斉に消えたのだから。

まったくの偶然だったんだ、それは。にしても、歴史と伝統ある『桃園川沿《ももぞのがわ》いの抜け道』を二百人が同時に使ったというのは、あまりにも運が悪かった。

もしも当時の校長が現場を目撃してなかったら、それさえも適当に隠蔽なり黙認なりされていたにちがいない。さもなきゃ、もっと校長の機嫌がよかったら。でも御老体はちょうどその日、自宅から学校へむかう途中で——というのも、ちょうど永年連れ添った奥さんが亡くなったばっかりで、身内だけの通夜があけたところだったんだ。「私事で学校行事を滞《とどこお》らせてはならない」というのが校長の信念だった。おかげで先生たちも全然知らなかったらしい。

その朝、ママチャリで川べりをゆっくりと進む老校長……たぶん背中はこころもち寂しそうに曲がっていたにちがいない……のことを、ぼくはよく想像したものだった。彼の哀しみ、彼の長い人生の時間。だけど、目の前には希望があった。もうじき彼の愛する母校が見えてくる。古き良き学び舎、街の誇り、県の誉れ、伝統のマラソン大会。

そして、彼が目撃したのは？

正規のコースを堂々とはずれて歩いている、だらけた二百人の大行列。そして、それを黙認している教師たち。

その瞬間の驚きと怒りと悲しみといったら、もう想像しただけでこっちまで頭がクラクラしてくるくらいだ。

——そして翌年から、マラソンコースの警備はとんでもなく厳重になった。

朝の九時、天気は曇り。

年代物の校門を出て東へ折れ、ぼくは善福寺《ぜんぷくじ》川《がわ》沿いの遊歩道に出る。まわりは生徒でいっぱいだった。水天宮と陸上競技場の間を走り、出流《いづる》川《がわ》を渡ると、ひどくまっすぐな道の正面には〈お山〉が待ちかまえてる。坂道をのぼる手前で、女子は別コースへむかう。男子は曲がりくねった山道を登り、御崎アスレチック・パークでUターンしてから、ぐるりと街の南をまわって学校へ戻ってくる。反時計回りの十・五キロ、容赦のない時間。

ああそうだ、それから監視の目だ。

コース沿いのあちこちに、教師はもちろん、商店街の店主たちもボランティアで並んでた。表向きは伝統行事の観戦ということになっている。もっと他にやるべきことがあるんじゃないかと思うけど、それを口に出していう者はいない。

なぜかって？

ぼくらのすてきな街には、二つの法則があったからだ。

法則その一、狭い社会で本当のことをいうやつは嫌われる。法則その二、他にやるべきことなんかどこにもない。

そんなわけで、曲がりくねった道を、ぼくは真面目にのぼっておりた。城跡のある山はそんなに高くない。見下ろすと『川むこう』はうっすらと靄《もや》につつまれていて、とんでもなく巨大な印象派の絵画を遠くから鑑賞してるような気分だった。

東南から北西へ斜めに流れる善福寺川を、ぼくらの街は（数百年かけて）跨《また》ぎながら拡張していった。南岸が古い城下町、北岸は新市街——戦後に開発が始まったので、『新』といっても六十年近くの歴史はあった。高速のインターが北にできてからは、駅前よりもそっち側のほうが栄えてるくらいだ。

といっても、やっぱり『川むこう』という単語は、どことなく薄っぺらくて、安っぽくて、ペンキ塗り立ての板壁を想わせた。

だから、というわけでもないのだろうけれど……コースは、その『川むこう』を意地悪く避けたみたいに設定されている。ありがたい話だ。北側も走れといわれたら、ぼくらは全員（あの涼のやつでさえも）急な発熱で病欠していただろう。

『川むこう』の空は、灰色に塗りつぶされてる。湿気が、それこそ道のあちこちにとぐろをまいているみたいだ。そう、あの年はどうにもおかしな年だった……夏はいつまでたってもやってこなかった。なにもかもがズレている感じだった。あとになって、ぼくらはよくそのことを話し合った。あれは何かの予兆だったんだろうか——悠有の不思議な才能の訪れを報せるための、なにかの仕掛けだったんじゃないかと。でもまあ、そのことはまたあとで詳しく説明しよう。今はマラソンのことだ。

十年前に当時の校長を悲劇の英雄にした例の『抜け道』の入り口は、出流川を渡り、桃園川に沿って北へ左折するちょっと手前のところにある。板塀と、古い屋根瓦と、真っ黒な木造の屋敷と、格子の蓋をかぶせただけの幅広い下水の流れ。過去が途切れて、コンクリートと無機質な新しい町名表示に屈服する、ギザギザの境目だ。

ジャージを着た若い体育教師が一人、竹刀《しない》を杖みたいについて、そこに突っ立ってる。たぶん彼は、なんで自分がこんな狭い道の手前で番兵をしなくちゃいけないのか、わかってなかったんだと思う。そんな顔つきだったし、そのくらいの若い年齢だった。一言でいうと、退廃的伝統はすっかり途絶え、忘れられていたわけだ。たった十年で。

なんて素敵な街だろう、偽善でさえも生き延びられないだなんて！

(万物は流転《panta rhei》……じゃないな。時はうつろい《tempora mutantur》、のほうが正しいか。そしてぼくらもまた《et nos muta-》其の内にてうつろうのみ《mur in illis》)

頭の中にラテン語の直説法未完了受動態の語尾変化表を思いうかべながら、ぼくは教師に軽く会釈し、さっさと彼の視界から去った。

そして角を曲がってから、独自に開発した新たな抜け道の入り口めがけて軽快にすべりこんだ。

――ようするに、ぼくは合格が決まってから、きちんと予習をしておいたってわけだ。当然のことだ。さもなきゃ、どうやって偏差値七十の県立に合格できる？

南の小高い山から本流の善福寺川へ、出流川は坂を転げ落ちるように流れ込む。そして東側の桃園川からの流れを……辺里市南部のありとあらゆる隙間へ網目状に入り込んでる水路の澱《よど》みを、受け止める。もうすこし正確にいうと、街のほうが後からやってきた新参者で、強くて生き生きとした二本の支流の上に腰かけてるだけだ。今ではすっかり先住者のほうが押さえつけられて、狭い暗渠《あんきょ》や下水道にされていたけれど。

たしかに、いくつかの水路はまだ生きてる。でも、それはまだ死亡届けが受理されていないというだけで、下水に蓋をつけ忘れたような細い流れだったり、コンクリの壁に挟まれた暗い隙間だったり……つまりは、あまり快適ではない有り様だった。路地というより、水路地と呼んだほうがいいかもしれない。

近所の人たちはみんな、この水路地を、普段からちょっとした近道として利用してた。両側はふつうの民家やアパートの裏だけど、地面が一段低くなっているので、古いトタン板や勝手口がそそり立ち、通る者をじっと見下ろす格好になる。でも、それらをぜんぶ上手く組み合わせれば街の南半分を斜めにぬけるルートになる、ってことに誰一人として気づいてなかった。

そう、経路《ルート》だ。距離は半分近く短縮できる。しかも、チェックポイントをちゃんとクリアしながら。単純、確実、そして効果的。ちょっとした凌ぎ技《ハッキング》ってわけだ。

「よお」

狭くて薄暗い水路地に入ったとたん、後ろから急に、低い声がした。

ぼくの心臓はひっくり返った。

「……おう」

ぼくがあわてて返事をするのと同時に、背後の低い声の主は、速足でぼくを抜いていった——そして教師に見つかったのではないという安堵感が、ぼくの全身を満たした。

ぼくを追い抜く瞬間、コージンのやつは、にやりと笑った。

たぶん笑ったんだと思う。はっきりと見えたわけじゃない。あいつの足は、ぼくよりも二倍は速かったし、背丈も頭ひとつぶん以上は高い。

あいつも、この抜け道に気がついたのか——悔しさはなかった。驚きも消えてた。同志への連帯感みたいなものが、ぼくの意識を占めた。

マラソン大会は、数学の難問みたいなものだった。さもなければ、突破されまいと息をひそめている巨大なサーバだった。だからこそかえって、それは解かれることを待ってたんだ。方法は二つに一つ。この街に隠れた「解」を、ちゃんと見つける。さもなければ、しらみつぶしに答えを探して無駄に体力を消耗する。

そしてコージンのやつは、ぼくと同じ問題を見つけ、同じ結論に達したんだ。


コージンとは、この時まだそんなに親しくなかった。ぜんぜん知らなかった、ということじゃない。すくなくともこっちは、やつを知ってた。あのころ辺里でコージンを知らなかったなんていうやつは、相当の間抜けにちがいない。中二のときには同じクラスだったこともあるし、体育祭でも何度か対戦したし、高校にあがってからは地理研で顔をあわせるのはしょっちゅうだった。

そういう意味で最初にコージンと逢ったのは、地理研の部室だったわけだ。ほんとうに、やつと会話をしたのは。


美原高では、生徒は必ず課外活動に参加することになってる。文武両道、例の素敵な伝統の一部。ぼくは地理学研究会を選んだ。やってることは、すぐ隣の郷土歴史研究会(通称KRK)と、ほとんど変わりない。というよりも、地理研は何もせずに部員だけが減っていき、むこうは毎年派手な展示をしたり、県庁まで取材に行ったりして、地元TVの六時半からのローカル・ニュースに出たりもしている。ようするに、そういう違いだ。

だからこそ、ぼくは地理研にした。好きだったから、じゃない。わざと異端を気どったわけでもない(最初っから異端者の人間が、どうしてそれ以上努力する必要がある?

……どこの地方都市であろうと、年間一五〇冊を濫読する十五歳男子なんてのはどうしたって珍獣扱いに決まってる）。単に、自由になる時間が欲しかっただけだ。

そして自由時間ってやつは、地理研の部室内にあふれかえってた。なにしろ部員だった生徒は全員三月に卒業しちゃったんだから。新入部員になりそうな一年生は、評判も設備も予算もあるＫＲＫのほうへ行くに決まってる。地理研は空っぽの王国なんだ。ぼくは、その国のたった一人の臣民にして統治者だ。部室でゲームをしようが、近くの田圃《たんぼ》から蛙をつかまえてきて調理しようが、まったく問題なし。もっとも実際には、ゲーム機もテレビも七輪もなかったのだけど。

そんなわけで四月の第一週の某日、顧問の教師に愛想良く一礼し、書類に名前を書き込んでから、ぼくは部室にむかった。床も手摺も古すぎてツルツルになってる旧校舎の二階つきあたり、天井の高い、古ぼけた地図室。

そこで先客に出逢ったのだ。コージンのやつに。

やつは、部屋の真ん中の折りたたみ式長机に両脚をのっけて、腕は胸の前で組み、折り畳みの椅子ごとおもいっきり後ろに反《そ》り返った格好で居眠りしてた。ぼくはちょっと離れた椅子に腰かけて、デイパックに入れてあった薄っぺらいペーパーバックを読み始めた。そのうち、コージンは薄目をあけた。

「『伝奇集』かよ」

それからさらに、しばらく間をおいて、

「面白れえのか。それ」

「まあね」ぼくは答えた。「『円環の廃墟』とか」

「ふん」そういってから、やつはまた目をつむった。「わかってねえのな。『トレーン、ウクバール、オルビス・テルティウス』だぜ。一番は」

ぼくは本を机に伏せて、やつの寝顔をじろじろと見つめた。

なにしろ、表紙の文字をほんの一瞬見ただけで、それがボルヘスの（しかもスペイン語版の）短篇集だと読み取れる同世代の人間を、初めて発見したのだ。少しぐらいの無礼は許されるところだろう。


そのあとは毎日、やつの居眠りと僕の読書が並行してただけなので、このマラソンの時の、

「よお」

「おう」

ってのは、だから、ようやく二度目の本格的な会話だったことになる。

激しい動悸はすぐにおさまった。ぼくは抜け道を通り終え、正規のコースに戻ってチェックポイントを通り、再び水路地にすべり込んだ。

コージンの姿はどこにもない。

ぼくは舌打ちして全力で走った。またコースに戻り、水路地を抜け、残る二つのチェックポイントをきちんと通過する。お城の手前、学校の正門が見えてくる。

校庭は、道路をはさんで校舎とは反対の南側にあって、だから道路は公道といっても学校の専有物みたいなものだった。そこをゆっくり走りながら、ぼくは胸を反らして、湿った空気を幾度も吸い込んだ。全速力の証拠はすみやかに湮滅《いんめつ》された。

……校庭に描かれた白いトラックのすみっこに、人だかりができてた。

べつに不思議なことじゃない。そこがゴールだったのだから。けれど、トラックを一周しながら、ぼくは駆け足をやめ、歩き始めた。

ぼくだけじゃない。校庭に入ってきた他の連中もだ。グラウンドに入り、眉をひそめ、それから速足をやめる。そしてゴールのすこし前で立ち止まり、腕組みをしたり、ひそひそ話をはじめてる。

着順はごちゃごちゃになってた。記録係の女子はおどおどして、記録用紙を抱きしめてた。教師たちも、注意しようとはしなかった。

みんな、ゴール手前の異常事態に気がついてたんだ。

3

人だかりの中心にいたのは、悠有と、それから白いゴールのテープを握ったままの女生徒だった。生徒たちが見事完走して到着するたびに、テープをゴール前に張り直し、全員に順位を伝える係だ。

テープ係の彼女は、泣きじゃくってた。

少し離れたところで、悠有は両手を背中に回し、指を軽く絡め、そして爪先で地面に『の』の字をいくつも描きながら、どこを見るでもなくぼんやりと立っていた……いつもどおりに。それはもうほんとに見事なくらい、いつもどおりに。

いつでもどこでも、目立たないやつってのは存在する。

あとで猟奇事件なんかやらかした時に、きまって、

「……いやあ、ぜんぜん目立たない子で。まさかそんな」

といわれるタイプだ。

本当のところ、そういう連中は目立ってるとか、いないとかじゃない。単に、上手くないだけなんだ。まわりの気をひくのが。話題の中心にいるのが。生きていくのが。

腹の中にかかえてる欲や悪意や、それから夢やら何やら、そういうものは誰だって生

まれた時に同じくらい配給されている。あとは上手い下手の問題。配給分の出力に失敗すれば、それは当然、内部に残るしかない。フロイトの（もしくはデカルトの）論法で……けっきょくは内圧の問題というわけだ。

残酷な話かもしれない。でも、これはほんとうのことだ。何度も転校してると、そういうのが自然とわかってくる。そしてぼくは、辺里に来る前に、自慢できるくらいたくさんの小学校に通ったことがあったんだ。

そしてぼくは、もうひとつわかったことがある。

とことんまで目立たない、究極の「そうじゃないやつ」ってのが——何事についても「そうじゃない」部類が——ほんの稀《まれ》にだけど、ほんとにいるってことに。

目立ちたいわけじゃない。

まわりより一歩先に行きたくもない。

「なにか」になろうとしない。

あまりに存在感が薄くて、それがかえっていちばんの特徴になって目立ってしまう。そして「何もないという感触」だけが、そこに残る……チェシャ猫のニヤニヤ笑いみたいに……そんな、とにかく「そうじゃない」のが。

悠有は、ぼくの見かけたことのある「そうじゃない」連中のなかでも、いちばん印象的に目立たない部類だった。

近くにいても苦にならない。いなくてもかまわない。どこかに一人で歩いていって、そのことを誰にも気づかせない。そしてそんな状態を、当人はまるで気に病んでいない。

そこには属していない――「そこ」ってのがどこであろうとも――それどころか、初めっからそこにはいなかったように。

誤解される前に説明しておくと、だからといって悠有の性格が悪いわけじゃない。成績は悪かったけど（受験であれだけ苦労して、ぼくが手伝わなかったら県立どころか商業高校も無理だったたって当人が認めてたんだから）。でも頭が悪いわけじゃないし、不細工でもない。見た目の部分を一つ一つ見てみれば、かなりかわいい部類だ。ショートカットの髪は、ふつうにしていると黒だけど、陽射しがきつい時なんかは深い茶色に映えたりする。鼻は、すうっとまっすぐで高い（少しだけ上向きかげんで、本人も気にしてはいた）。よくよく観察すれば、頰に細かいそばかすがある。などなど。けっして「どこにでもいる」ような女の子じゃない。

そしてなにより、あの瞳。いつも半開きの瞼《まぶた》の間の、とろんとした、底なしの黒。まっすぐに見つめられるとどうしても目線を逸らせたくなる……はずなのに、なぜだかそれができない。そんな奇妙な瞳も。

ところが、そういうのがぜんぶ一つにまとまると、どういうわけか――まるで印象の薄い、ちょっと目を離しただけで見失ってしまう、一人の女子高校生になる。

平均値ほど珍しい存在はない……そして中央値と平均値は人いに異なる概念である。そんな統計学の初歩を、ぼくはそのとき（人垣のむこうに悠有の居場所を一瞬見失い、あわてて再確認してから）あらためて実感してた。

「何事？」

しかたなく、ぼくは近くの生徒たちに訊ねた。誰にむかっていったわけでもなかったが、やたらと背の高い男子が一人、急にふりかえった。コージンだった。なんてこった。

「あいつが」

コージンは肩越しに、悠有のほうを、親指で軽く示した。ヒッチハイカーの仕草みたいに。気障《きざ》な仕草だったが、やけに似合ってる。

「トラブったらしい。おまえのあれだろ、幼なじみだろ」

「ああ」なんで知ってるんだよ、という疑問は、その時はどうでもよかった。「トラブルって？　何？」

「知らね」

「いつ。今？」

「ああ。ついさっき。五分前か」コージンは、旧校舎の三階止面に据えつけられた大きな時計の文字盤を、ちらっと見る。「おれが、ちょうど入ってきたくらい」

ぼくは素早く暗算する。なるほど。こいつはぼくを追い抜いてからは、表通りに出てふつうに走ったにちがいない。つまり二つ目の抜け道のほうは気づいてないわけだ——と考えて、ぼくは奇妙な満足感に浸った。

「なんとかしろよ」

「へ？」

「おまえが。なんとかしろ」コージンは真っ直ぐにぼくを睨む。睨み下ろした、というのがむしろ正しい感じだった。そんな日本語あるのかどうか知らないけど。「幼なじみだろ」

「そうだけどさ」

「困ってんぞ、彼女」

冗談とか冷やかしではなく、本気の声だ。低くて、ずしんと腹に響く、無関係の他人の不幸でさえも自分のこととして心配できる、そんな人間の声。

「そんなこといわれても」

人だかりの中心は、泣きじゃくるテープ係のほうへと移りつつあった。

悠有は、集団の端のほうに、まだぼんやりと立ってる。のほほんと、と表現したほうがいいくらいだ。ぼくらの立ってるところからは、二十メートルくらい離れてた。生徒たちの隙間から、ようやくこちらに気づいて、彼女は右手をぴんと上げてぶんぶん振った。幼稚園児が雨の日に、お迎えのお母さんにむけてやるみたいに。

体育教師が近づいて、悠有にきつい口調で何かをいった。悠有の右手が止まり、萎《しお》れるみたいに胸元まで下がった。

「助けんだろ、ふつう。こういう時」

「『こういう』？」

「幼なじみが危ない時」

「そんな。ギャルゲーじゃないんだから」

「おい」コージンが一歩近づいた。ぼくらの間は五センチもなかった。「困ってるやつがいたら、助けろ。いつでも。どこでも」

おっと、こいつは本当に本気だ。ぼくは咳払いをした。そして頭の中にある空想上のフォルダを開いた――『コージン……本名・荒木仁《あらきひとし》、特徴・頭の回転は速く、腕力もあり』。そこに一言、書き加える：『意外に人情家』。

もちろん、そのフォルダの中には他にもたくさんの情報がはさまってた。駅前の繁華街で地元のヤクザをボコったという伝説。工業高校の連中に河原で襲われて、スタンガン七発を耐え抜いたという話（もちろん相手は全員病院送り）。中学時代はいつも寝てばかりなのに試験だけはなぜか高得点だったので、受験の日には監督官がずっと真後ろにつきっきりだったという、嘘みたいな事実。親父さんの経営していた八百屋が急成長してデカいスーパーになったのは、実はやつの的確な経営判断に従っただけなんじゃないかという根も葉もない噂。

コージンを知らないやつがよほどの間抜けだっていうのは、つまりそういうことだ。喧嘩上手で実は頭がいいなんてキャラはアニメかゲームの中だけだよ、と他の街の人間なら思うだろう。当然だ。けど、ぼくらの目の前には実物がいたのだ。

教訓：存在は認識に先行する。もしくは、ボコられたくなかったら詮索せずに現実を認めろ。

それに実際のところ、腕力のあるやつってのは……力に引きずられず、それを上手く使いこなしているやつは……案外に頭がいいものだ。

——そんなことをぼんやりと考えながら、ぼくは速足で体操服の垣根をかきわけ、悠有に近づいた。


「悠有？」

「あ。タクト」

悠有の唇が、きゅっと動いた。タクト。漢字の卓人ではなくて、ちょっと舌っ足らずに、Tact。最後の母音を省略して。そんなふうに悠有はいつも発音してた。

「早かったね。ズルしたの？」

「あのな」ぼくの声はあくまでも平静。当然のことだ。すぐ近くには教師たちが立っていたし、それに厳密にいえばあれはズルじゃない。ルールの隙をついたというだけの、正当な戦術だ。「人聞きの悪いことというな。で、何の騒ぎだって？」

「騒ぎって？」

「これ。この騒ぎ」ぼくは、わざとらしく、まわりの混雑を見回す。「いってたぞ、おまえのせいだって。なにがあった？」

「いってたって誰が？」

「コージン」

「ふーん」悠有は爪先立ちになって、ぼくの肩越しに、やつのいるあたりを眺めた。それからちょっといたずらっぽく笑って、「タクトって、あたしよりも彼のいうこと信じるんだあ。ちょっと傷ついちゃうよ、あたし？　お兄ちゃんのお見舞い、次から連れてってあげないよ？」

「なんだよそれ。関係ないだろ。ていうか、なにもいってないじゃん、おまえ」

「あれ、そうだっけか」

「そうだよ」

「うーん」

　腕を組んで、考え込むふり。悠有が困った時に必ずやるポーズだ。ぼくは同情しなかった。

「おい。悠有」

「うん?」

「なにがあったのさ」

「んー」

悠有は腕組みのまま目をつむり、爪先立ちになり、それから踵《かかと》に体重をあずけ、また爪先で立ち、延々とそれを繰り返し始めた。体が、まるで上下逆さまになった振り子みたいに揺れた。

それから急に、

「あのさあ、タクト。あたしって、ちゃんとここに実在してるのかな? どう思う?」


ぼくはため息をついた。

彼女との会話は、いつもこんな調子だ。こっちが本筋に戻さないと、いつまでたっても同じところをぐるぐる廻ってるか、さもなきゃとんでもない方向へ跳んでいってしまう。長年つきあってる人間じゃないと、なかなかコツがのみこめない。

もしかしたら、そういうこともぜんぶ徴候だったのかもしれない。だけどもちろん、この時ぼくはまだ気づいちゃいなかった。

悠有の、あの能力については。

「してる」

ぼくは真面目に答えた。

なぜって、彼女が体を振り子にし始めたってことは、冗談とかじゃなくて、本気で何かに悩んでるって徴《しるし》だったからだ。

「おまえ実在してるし、この騒ぎも実在してるし、こっちの頭痛もまちがいなく継続してる。先生のほうはこっちで適当に言い訳してやるから。だから、なにやったんだよ?」

「なにって、マラソンで走っただけだよ。ここから出発して、川に行って、お山の手前でUターンしてきて、それから」

「途中はどうでもいいって。それで?」

「ゴールしたの。いっとくけど、ズルはしなかったよ。タクトと違って」

「してないっての」

「ふーん」真正面に、ぱっと藍色の光。悠有の瞳だった。こういうときにかぎって、ひどく奇麗にキラキラしてた。「あれだけ地図と睨めっこして、計画してたのに?」

「いいだろ、その話は。ゴールして、それで?」

「萬田さん、ってゴール係の彼女ね、あたしがゴールしたとたん彼女がすっごい悲鳴あげて泣き出しちゃって。そしたら先生たちが集まってきて、それで怒られちゃった」

「……どうして?」

悠有はちょっと間をおいてから、また目をつむり、首をふり、それからゆっくりといった。人づてに聞いた遠い国の景色を苦労して説明するみたいに。

「んーとね。ゴールのテープに触らないでゴールインしたからって。あたしが。——ぱっと手前で消えて、テープの反対側でまた現れちゃったんだって」

＊

正直な話、ぼくは驚かなかった。これは本当に本当だ。

もちろん悠有の説明が間違っているにちがいない。べつに悪意でも冗談でもなくて、言葉が足らないのか、表現がおかしいだけか、さもなきゃ誰かの見間違い、聞き間違い。なんべんもいうけど、ぼくはそのとき驚いてなかったし、ということはつまり真相に気づいてもいなかったわけだ。

ぼくはすぐさま、近くの体育教師に向き直る。

「いったん彼女を（と、ゴール係のほうを横目で見ながら）保健室に連れてったほうがいいと思うんですけど」

「ん、む、ああ……そうか?」

「ええ。人も増えてきてますし」

ぼくの意見を教師に納得させるのは、それほど難しいことじゃなかった。簡単な説明はいつだって真実に（もしくは真相究明の意欲に）勝る。そしてぼくの表情は、

——どうせこの湿気のせいで、ゴール係が見間違えたんでしょ？　人が消えるなんて、そんな莫迦《ばか》みたいなこと、あるわけないじゃないですか。それよりも、この大混雑を早めに解決して、帰着順位をきちんと記録して、伝統ある我が校の行事をとどこおりなく進行させたほうが、得策なんじゃないですかねえ。

という、じつに常識的な意見を無言のままあらわしてたからだ。

教師と萬田女史がいなくなり、生徒の群れがだんだんと散り始めてから、ぼくは悠有をできるだけ目立たないように校庭の端にひっぱっていく。

「帰るぞ」

「え？」

「ここにいてもしょうがないだろ、いつまでもさ」

「着替えなきゃ。その前に」悠有は指先で体操服の端をつまみ、舞踏会の挨拶のように左右に大きくひろげてみせた。

「いいよ。どうせすぐ近くだ」

「やだ」

「わかったわかった。じゃ、〈夏への扉〉で合流な」

「待っててくんないの?」

「めんどくさい」

「うそばっかり」

なにがおかしかったのか、悠有はくすくす笑いながら、すぐに道を横切って校舎のほうに消えていった。


「——よう」

コージンだった。なんだってこいつはいつも、ぼくの視界の外から急に声をかけたがるんだ……と憤慨する暇もなく、

「あいつの家だろ」最初、なんのことだか分からなかった。悠有との会話の続きだってことに気がついた時には、コージンのやつは勝手に話をすすめてた。「二階が家になってんだろ。〈夏への扉〉って。一階が変てこな喫茶店の」

「あ?……ああ。そうだよ。だから?」

「ふん」

「なんだよ」

「べつに」

ぼくの頭上十センチで、意味深な笑み。いなくなる前に、やつは一言つけ足した。

「おまえん名前、タクトってのな。知らんかったぜ」

4

帰り道の空は、道路工事に失敗したアスファルトの模様みたいだった。濃淡がおかしなくらい入り組んでて、あちこちぼやけてて、間違いだらけの色。西のほうは、稜線のところすれすれで、濁った雨が降りはじめてた。

……〈夏への扉〉の外観を見ただけで、すぐにこれは喫茶店なのだと気づける人がいたら、ぼくは心から尊敬する。ちなみに説明しておくと、ぼくが尊敬している人間というのは、ひどく少ない。つまり、生きてる人間は、ってことだけど。当然だ。いつだって、死んでる人口のほうが多いんだから。

曇り空の下、図書館前の大通りを右に曲がり、〈寺前商店街〉を急ぎ足でぬけて、トタン張りの古い小さな店舗と新品の分譲住宅が混じり始めたあたり。

たいていの人は、そこで一瞬足を止めて、これはきっと昔の郵便局か銀行を記念館にしようとして表面を塗り直した時にひどい手違いでもあったんだな……と、まず考える。

さもなければ、酔狂な金持ちが私設図書館をつくろうとして（なにしろ店内はどこもかしこも本棚だらけで、珍しい本で満杯だったのだから）設計図の縦横の向きを間違えてしまったのだろう、と。

酔狂な、というところだけは間違ってない。

設計したのはオランダ生まれフランス育ちの若い建築家で、名字はたしかヴァン＝デル＝コールハスだかコールハースだか。この街にやってきたのは、百年くらい前のことだ。紡績で成功した地元の実業家が、跡取り息子をヨーロッパに留学させたら、そこでこの「天才的な青年」とやらを見つけて強引に親爺殿をくどき落として一緒に帰朝し……ということだったらしい。

ヴァン＝デル＝コールハスもしくはコールハース氏はその後三年ほど、この土地に腰を据えてスケッチを描き、酒を飲み、山に登り、地元の名士たちと（だいぶ上達した日本語で）語り合い、不確かな噂によれば妙齢の御婦人数名とのあいだに合計二男三女をもうけた。

ただし建物だけは、ひとつも造らなかった。

というよりも造れなかったんだ、彼の設計した代物は。

三年かけて設計した小学校の校舎は、落成式の前の晩に倒壊した。

次の作品（まもなく市に昇格する辺里町にとって、輝かしき行政の中核となるべき建築物）は、模型の段階で崩れ落ちた。

幾枚も描かれた郵便局の設計図は、誰がどれを眺めても正しく上下を判別できなかった。

町長はじめ地元の御歴々は、たがいの顔を見合わせ、〈お山〉の神社の供え物をけちって祟《たた》りを呼び寄せたのは誰なのかを探り合った。町の住人は大工を疑い、大工は棟梁をじっと見つめ、棟梁は建材の質の悪さをあげつらい、材木業者は（二重帳簿を隠し終えてから）自分に賄賂《わいろ》を要求した町長こそが諸悪の根源だと暗に主張した。

最初に正常な反応を示したのは、現場の大工たちだった。つまり彼らは、建築家本人に身ぶり手ぶりをまじえて尋ねたんだ。

あっしらはちゃんといわれたとおりにやったんですよ、ええ本当に。もしかして、旦那、そっちの図面に落ち度がありゃしないかと。

すると、若き天才建築家の返事はこうだった。

——私の設計が間違っているのではない。材質の強度が足りなかったのだ。材料工学が私の素晴らしき発想に追いついていないのは、私の責任ではない。

職人たちは顔を見合わせ、次の質問を発した。

——ええと、旦那。それじゃ、あっしらはどういう建材を使やぁよろしいんで？

——それは私の関与するところではない。

旧制中学だった当時の美原高《ヨシコー》に勤めてた数学教師が、徹夜で計算したところ、町役場を造るために必要な強度と応力は、そのころ手に入る鉄骨の三十倍だということがわかった。

そのあと、どんな騒ぎがおきたのか、記録はあんまり残っていない。

関係書類は数年後の役所の火事のせいでほとんど燃えてしまった……少なくとも、燃えたことになっている。地元の名士のみなさんがたにとっては、この火災はとっても幸運な事故だった。今でも、市役所が発行している市史を調べてみれば、明治の終わりあたりの数年間はほとんど何も書かれてない。

一つだけわかってるのは、ヴァン＝デル＝コールハスまたはコールハース氏がいつのまにか辺里市から姿を消したのと同時に、助役の娘も消えたってことだ。

そして遺されたのは、魔法のような建造物の設計プランが山ほど。

大半は（彼が何十年後かにアメリカで有名になってから）東京の好事家《こうずか》が買い込み、ほんの数葉が美原高の地図室にほうりこまれた。そう、ぼくとコージンが読書室に使っていたあの部屋だ。二十年くらい前、それを発見した地理研の副部長がいた。彼はそれを勝手に持ち出して売っぱらい、文化祭の費用の穴埋めに使った。設計図はしばらくのあいだ県内の古本屋やら骨董屋やらを巡りめぐったあげく、ちょっと変わった造りの喫茶店でもひとつ経営しようかしらと思いたった一人の女性の……つまり悠有のおばさんの、膝の上にたまたま舞い降りたというわけだ。

いっておくけど、〈夏への扉〉がひどい店だってことじゃない。その反対だ。ヴァン＝デル＝コールハス／コールハース氏の一件からもわかるとおり、この街できるたいていのことは手違いだ、というのがぼくの意見なんだけど、この店はそのなかでもそうとうマシなほうだったんだから。


饗子と涼は、ぼくらよりも一足先に着いていて、いつもの席で紅茶を飲んでた。窓際の、英国製の本棚にはさまれてる、やたらに長いソファの両端。ちょうどブックエンドみたいに。

BGMは、シカゴのSaturday in the Parkで、これもいつもどおり。おばさんの趣味には変化の余地なんかなかった。彼女はカウンターの隅で中年の客と世間話をしてて、入ってきたぼくらに素早くウインクする。ぼくもいつもどおりにウインクをかえし、さらにこれまたいつもどおりに涼の手前のソファに座る。やつの分厚いシステム手帳は、切り株っぽい外見の丸いテーブルに、開いて置かれてる。

悠有が、

——荷物、置いてくるね。先にお茶飲んでて。

と二階に上がっていくのを見送ってから、ぼくは（ここで初めていつもとは違って）

わざとらしく呆れたふうに腕を組む。

「どうやって?」

涼に連絡したのは、ぼくだ。だから、やつがここにいたのは驚かなかった。だけど、饗子の素早さときたら! 〈お山〉から下りてくるだけでも、手続きだ何だでけっこう時間がかかるはずだのに。

「決まってるじゃない。涼から聞いたのよ」莫迦にしたような口調。長くてウェーブのかかった髪が、ふわっとゆれる。

「わかってるよ、それくらい。どうやって学校から出てこれたんだ?」

ぼくらは——つまりぼくと悠有と涼は——美原高の生徒で、饗子だけが〈お山〉の女子高に通ってた。というよりも、暮らしていたというのが正しい。あそこは全寮制だったからだ。金持ちのお嬢さまだけが行ける、特別な学校。どれくらい特別かというと、涼の姉貴も母親も入れなかったくらいで……そして涼の一族は、この街でいちばん古くてデカい屋敷の持ち主だったんだ。

〈お山〉は、昔は陸軍の練兵場があったところで、さらにもっと昔は戦国時代の城塞だった。ようするに、いつの時代も難攻不落の土地柄というわけだ。今は山城とその北側がちょっとしたアスレチックゾーンとハイキングコースになってて(ここは八月の花火大会には地元のカップルで埋めつくされる)、いっぽう北東の斜面では、赤茶けた煉瓦造りの兵舎がそのまま県下に名高い私立聖凜《せいりん》女子学院の学び舎として引き継がれてた。

ぼくらは（この場合のぼくらってのは、高尚な〈お山〉じゃない下界で暮らしてる各高校の男子全員という意味だけど）、あの小高い山のむこうがわで、ひらひらのノリルと縦ロール髪の御令嬢が「ごきげんよう」とか「おねえさま、ごらんあそばせ」とか喋ったり、礼拝堂に跪《ひざまず》いて一心に祈ったりしてるのだ、と勝手に決めつけて楽しんでた。

そして饗子は、そんなぼくらの莫迦みたいな期待を裏切らなかった。

つまり、許可証をせしめて外出してくる時は、黒ストッキングと真紅のリボンの制服をきっちりキメたまま、口調も何もかも豪勢で高慢なお嬢さまぶりを披露してくれたってことだ。

そんなわけで饗子がぼくの質問に答えた時は、もちろんツンとすまして、小指をたてて紅茶のカップをつまみ上げながら、だった。

「許可証をとってきたのよ、もちろん」

「ふーん。今度は何番目の伯父さんが危篤？」

「それ以外にあの忌々しい牢獄から脱出する方法がないと思っているのなら、卓人、あなたは『才能』っていう単語の意味を学び直したほうが良いわね」

「そうだよ、卓人」涼が、そっと饗子のほうを盗み見ながら、「ほら、饗子はあれができるしさ。筆跡をそっくりに——」

「お黙りなさい、涼」

「え」

「当然御存じだわよ、卓人は。そういうのを『要らぬ御節介《おせっかい》』っていうの」

「で、でもさ」

「お黙りったら。んもう、いいからお替わりを持ってらっしゃい！」

「え、でも、だってさ」

「まあああ」ぼくはいう。「いいよ、持ってくるよ。なに？　ダージリン？」

涼の哀れな顔を眺めてるのは、それはそれで楽しかったけど、ぼくはいちおう助け舟を出した。もちろん饗子の書類偽造の腕前は、ぼくも知ってた。当然のことだ。

涼はオドオドしながら立ち上がり、小声で何かつぶやいた。たぶん謝ったんだと思う。おばさんは、カウンターの奥でクスクスと笑ってる。事情を知らない人が見たら、これは確かにちょっとした光景だったろう。なにしろ涼のやつは背も高いし、顔立ちだってかなりのものだったし（うちのクラスの女子の大半は、涼のことを「あのB組のかっこいい人」と呼んでいた）、サッカー部と陸上部と理科学部の物理班とコンピュータ班をかけもちして、そのどこでも「すごいやつ」ってことになってる。美原では期末試験の各学年上位三十番まで廊下に張り出されるという、ひどく古風な風習があったんだけど、涼のやつは全科目三位以内に入ってた。中学の答辞も、やつが読み上げた。まったく、今から思いかえしてみればコージン以上に〈ありえそうもないキャラ〉だったかもしれない。――それが饗子の前に出ると、この調子。

でも、しょうがない。

饗子こそが、あの頃のぼくらの中心だったんだから。

なにごとも彼女が発案者で、彼女が計画をつくって、彼女がぼくらのやる気をひきだした。もしも彼女がいなかったら、ぼくらは単なる読書好きの、喫茶店に座ってばかりいる、ずいぶんのんびりとした個人の集まりだったはずだ。

饗子は、個人の集まりを、別の何ものかに変える存在だった。

彼女は起爆剤で、燃料タンクで、操縦桿で、ようするに好奇心が縦ロールの髪をなびかせてるみたいなやつだった。ぼくらのなかでいちばん本を読んでいて、理想の恋人像は「もちろんロジオン・ロマーヌィチ・ラスコーリニコフよ」と断言して憚《はばか》らず、聖凛の文芸部が毎年秋に発行する部誌には『隣人を不審に思う生得の権利について』だとか『遺伝子工学の未来と、親を選ぶ権利の発生』だとか、そんな小論文ばっかり発表していた。

けれど、いちばん饗子らしいなと思うのは……これは最初に逢ったときに聞いたのだけど……筆跡の話だ。

授業があんまり暇なので、ノートをとるふりをしながら左利きで文字を書く練習をしていたら、いつのまにか両利きになってしまって、しかもなぜか左手ならたいていの筆跡を真似できるようになったんだそうだ。どのくらい暇だったのか、ぼくは想像するだけで目眩《めまい》がした。

――へえ、それっていろいろ便利だね。

と、不用意にもその時口走ったのは涼だ。ぼくもほとんど同じ感想を抱いていたのだけど、いわなくてよかったと直後に胸をなでおろすことになる。

――便利？　そんなひどい侮辱は初めてだわ！

彼女は本気で怒ったんだ。

実用的な目的のために、私はそれを身につけたわけではなくってよ！……って。

涼と饗子の力関係は、今になって思いかえしてみると、あの時に決まっていたようなもんだ。いや、涼だけじゃない。ぼくらは全員、彼女に対してちょっとばかり畏怖の念を抱いてた……そしてそんなふうに感じる自分たちを、けっこう楽しんでた。

けっきょく涼が、空《から》になったカップを持ってカウンターのほうにとぼとぼ歩いていって――そのとたん、

「それで？　どうするのよ」

「なにが」

「悠有のことよ、決まってるでしょ。聞いたんだから、涼から。不思議じゃない？　面白そうじゃない？　わくわくしない？」

饗子はほんとに楽しそうだ。身を乗り出して、胸の前で組んだ腕を膝小僧にのせて、ほとんど舌舐めずりでもしそうな勢い。といっても、悠有に関するあらゆることに饗子が興味を示すのは毎度のことだったので、驚きはしなかったのだけど。

「そうかな」

「そうよ！　なによ、鈍感ね！」

「そうかなあ」

実をいえば、その瞬間まで、ぼくは悠有の身にふりかかった事態についてあんまり真面目に考えてなかった。

自分で思いついた言い訳を信じ始めてた、というのが正しい表現だろう。

それはもう当然すぎるくらい当然のことだ。幼なじみが、とつぜん変な能力を発揮して目の前の物体を通過し始めました、なんてことを信じるほうがどうかしてる。たとえ自分で目撃したとしても、だ。そしてぼくは現場を見てなかったんだから。

だけどその時、ぼくの真正面には、全身全霊でもって悠有の不思議な能力を求めてるお嬢様がいらっしゃった。

「ねえなんだっけ、ほら、テレポー」

「テレポーテイション」ぼくはいう。「遠隔地への瞬間的な空間移動」

「空間だけじゃないでしょ。瞬間的なんだから、時間も跳んでるわよ。時空間跳躍だわ」響子は大きくうなずく。「そうよ。時間と空間を超えたのよ。あらゆる物理の法則を破って。全宇宙を否定して」

「そんな大げさな」ぼくは笑いそうになる。というか、もう半分以上笑い出してた。

「大げさなほうが面白いじゃない。違う？」

「そりゃまあ」

なるほど。事態はどうやら大げさなのだ。より正確には、響子のやつがこれを大げさな事態にしたがってるのだ。でも、夏休みを来週に控えたぼくらにとって、その二つにはそれほど大した違いがない。

なにしろ響子は、つまらないことを面白くするのが、そして面白いことを〈作業計画《プロジェクト》〉にするのが、大好きなんだから。

「まったくもう、卓人は欲求において鈍感なのよね！　涼はどう思うの？　涼？　なによ、まだなの？」

「え、なに？　いま行くからさ」

おばさんから紅茶を受け取って、涼のやつは……カウンターの手前でじっと立ち尽くしてた。

左右を見回し、なにかを小声でつぶやく。

ぼくらは待った。

近くの席の中年男性が読みかけの文庫本から顔をあげて、じろじろと涼の背中を見つめる。

それでも、やつは動かない。

涼のやつには昔からこの癖がある。なぜだかいつでも、最短距離を移動しようとするんだ。なのに仲間のなかではいちばん（たぶん悠有よりも）鈍臭いやつだった――動く前に、いちいち熟考してたからだ。まるで、迷路を前にして鼻先を左右にビクビク動かす実験用のネズミみたいに。

どうしてそれで優秀なＭＦ《ミッドフィールダ》になれるのか不思議に思うかもしれないけど、そう思っていたのはぼくらも同じで、試合の時だけはどういうわけか問題なく動ける。サッカーのやりすぎなのか、子供の頃の変てこなトラウマなのか、ぼくらは涼のいないところでいくつも仮説をたてて遊んだものだ。そして涼が立ち上がってあたりを見回すたびに、ひそかに心の中で、ああアルジャーノン、とつぶやいたりしてた。

「えーと。よし」

ようやく涼が動き出す。

突然、ぼくのまわりが暗くなった。ふりむく間もなく、図体のでかい何者かがぼくの両肩をぐっと押さえた。

5

あらかじめいっておくけど、この時はそれほど驚かなかった。ほんとうの話だ、これは。

「あら。コージン、来てたの？」

コージンのやつは軽くうなずくだけ。何もいわずにぼくの肩を数回ぐいぐい押すと、いつのまにか隣に座ってた。ぼくの全身は（ウォーターベッドに腰かけてるわけでもないのに）上下に大きく揺れた。

さて、こういう時に気の利いた一言でもいえたなら、きっとぼくは本物の頭のいいやつだと自惚《うぬぼ》れることもできたろう。

「……饗子、知り合い？」

ぼくの間抜けな質問は〈夏への扉〉の天井にはねかえって、ＢＧＭの隙間にとけていった。ビリー・ジョエルのJust the Way You Are。この店はいつだってビリー・ジョエルか、エルトン・ジョンか、シカゴか、でなきゃギルバート・オサリバンしかかかってない。小学校の頃からずっとだ。おかげでぼくと悠有は『最新のポップス』という単語について、かなり歪んだイメージを抱くことになった。

「愚かな質問だわね。この街の住人で、わたしと知り合いじゃない人がいるとでも？」

「そうだよ、卓人。饗子は顔が広いし、それに例の〈倶楽部〉も運営してるから、たぶんそっち――」

「お黙り、涼」

「え？」

「〈倶楽部〉は無関係よ。コージンとは病院で会ったの。ああ、何の話だったか忘れちゃったわ！」

「悠有のことだろ」と、ぼく。

「そうそう、それよ。とにかく、重要なのは、今回のプロジェクトには人手が必要ってことよ。みんなでやらなくちゃ。一大プロジェクトね」

――なんで来たんだよ？

ぼくはそういう目つきで、コージンの顔を覗き見た。むこうも目線だけで返事をしてくる。

――悪りいか。

――いや。べつに。悪かないけど。

——ならいいだろ。

「そうだ、ちょうどいいわ。コージン!」饗子が、例の声になってるのにぼくは気づく。命令する声。方針を決めて、もう絶対に変えようとしない時の声。起爆剤の声だ。「あなたも参加しなさい。いいわね?」

「なになに、なんの話?」

ぼくらはふりむいた。

灰色の太った年寄り猫を両腕でかかえた悠有が、いつのまにか二階からおりてきて、左手の先だけでビデオテープをカウンターに置こうと四苦八苦してた。

おばさんがにっこり微笑み、それを受け取る。横の壁にはりついてる三十二インチの薄型大画面が色とりどりの自転車でいっぱいになって、南仏の美しい森と平原が後ろの消失点にむかって整然と流れ去っていった。

ツール・ド・フランス、十一日目。ナルボンヌからトゥールーズまでの一五三・五キロ。

「なんだ」と、ぼく。「観終わってなかったの」

「ううん、観たよ。ありがと」

「じゃ、なんで?」

結果がわかってる自転車レースの録画をもう一度観たがる乙女の心理構造を、ぼくは想像しようとした。駄目だった。

「だって面白いんだもん」

悠有は答えて、特上の笑みをうかべた。よくできた冗談を口にしたみたいに。それとも、もしかしたら本当に冗談だったのかもしれない。

悠有の腕の中で、猫が大きくあくびをする。

「ああ、ようやく戻ってきたわね！」饗子が両腕をひろげる。「おいで、ほら！」

「あ、チェシャだ」と涼。

「ク・メルでしょ。この子の名前」おばさんがいう。

「こっちおいでペトロニウス！」ぼくも混乱に参加する。「もしくはハミイー！」

念のため説明しておくと、猫はもともと一匹しかいない。体重だけは二匹分くらいあったけど。悠有とぼくが拾ってきた時はそれこそ掌に乗るサイズで……ところが今となっては、饗子曰く『猫のほうが悠有を飼ってるような』ありさまだった。

「あのですね、お集まりのみなさん」悠有が、巨大な猫をぎゅっと抱きしめる。「この猫ちゃんはジェニィだってば。なんでいつも違う名前で呼ぶわけ？　混乱しちゃうでしょうが、かわいそうに」

でもそいつの名前はけっきょく正式には決まってなかったんじゃ……と涼が小声でいいかけて、たしかにそれは正しい言い分だったのだけど、誰も聞いてなかったので言葉はそのままどこかへ消え去った。

「猫にいってるんじゃないわよ。ほら、悠有！」

「へ？」

「ほら！」

　しかたなく悠有は、両手を広げた縦ロールお嬢様の隣に座って、そのとたん思いっきり抱きしめられる。抵抗は無意味だ《Resistance is futile》。

「おひさしぶりだわね、悠有！」

「うん、ほんと。おひさしぶり」

「駄目よ、駄目！　嬉しい時はもっとおもてに出さなくちゃ。嬉しいでしょ、わたしとまた逢えて？　ね？　ほら、ちゃんと正直に、嬉しいっておっしゃい！」

「うーん」

　窓際のソファは二人に占領されてしまった……というよりも、いたたまれなくなった涼が手帳とカップをもって席を移動したってことなのだけど。猫《ビート》は悠有の腕の間からどさりと落ちて、床に寝そべった。大画面の中で、アシストの選手がサポートカーから補給を受け取るや猛然と漕ぎ出した。おばさんはＢＧＭにあわせて鼻歌を歌ってた。とり残されたぼくらは、他にやることがないので、紅茶のお替わりをした。

　入り口のカウベルが鳴った。

二人連れの男性客が入りかけて、店の隅っこで抱き合ってる女子高生二人と、それを囲んで沈黙している男子生徒の群れを見るなり、そのまま後じさりながら出ていった。

まったくいつもの光景だ――いったいこれまでに何人の客が、饗子お嬢さまの百合色ビームにあてられて、この店に入りそこねたことか！

「あのさあ饗ちゃん」饗子の腕の中で、悠有の体は斜めになってて、まるでライナスの毛布みたいだ。たぶん機能も似たようなものなんだろう。「お店の営業妨害するのもあれだし、そろそろ離してく――」

「なによ、半月ぶりなのに。つまんない子ね！　まあいいわ。今月はあなたの月なんだから。いいえ、この夏はぜんぶあなた用よ。もう決まりなの！」

「ふあ？」悠有は、溺れる寸前の遭難者みたいな目でぼくのほうを見ながら、変な音をたてる。

「そういう無自覚なところがまたいいわね。……あなたの不思議な能力のことよ、決まってるでしょ！」

饗子の演説はもう止まらなかった。

悠有には、既存の物理法則を凌駕する何だかよくわからない力が備わっていることになってた。そしてそれはたいそうな秘密で、世間の大人たちにはもちろん、家族や友人にも教えてはいけない重大事なんだ。ようするに、ぼくから連絡を受けた涼が饗子のやつに事件のことを伝えて、それからお嬢さまがこの店にいらっしゃるまでの短い時間で、もうすっかり方針は決まってたってことだ。

「これはもう〈プロジェクト〉に値するわ。そう思わない？　卓人？　涼？」

「ああ」ぼくらはそろって口をひらく。諦めと、不信と、それからちょっとだけ好奇心の入り混じった、いつもの口調。「そうだねえ」

「なんだそれ。〈プロジェクト〉？」

当然ながら、コージンだけが違う反応。

「〈プロジェクト〉ってのは〈プロジェクト〉よ」饗子の髪が揺れる。「限定された条件内で目標を決めて、準備をして、最適な手順を考えて、実行して、思わぬ難関を乗り越えながら、達成するのよ。それくらい分からないの？」

「遊びなんだよ、ぼくらのさ」涼が簡潔に説明した。「暇な時によくやるんだ。無賃旅行とか、文化祭で冗談の会誌をつくったりとか、それから……」

「逆よ、涼。〈プロジェクト〉をやるために暇をつくってるんだわ。ほんとに、なんにも分かってないんだから！」

「ご、ごめん。……とにかく、そういうものなんだ」

コージンは、「ふん」とだけいって、そのあとずっと黙ってた。

実をいうと、この時の説明は一つだけ欠けてる要素があって、ぼくはそれをあとからコージンに説明しなくちゃならなかったんだけど。

つまり――饗子のいう〈プロジェクト〉は、絶対に実用的な成果があっちゃいけないってことだ。

非建設的な努力。

それが本質だ。

手間ひまかけて造った『永久運動装置』を店の客に売りつけようとしたり――もちろんあとからおばさんに怒られて皿洗いを手伝わされるところも計画の一部で――、夜中にミステリサークルをつくってみたり、一円も払わずにJRで北海道まで旅行したり（ちなみにこの技を開発したのは、なんと悠有だった……といってもほんの偶然からなのだけど）、某有名小説家の幻の短篇を図書館で掘り出してきて現国の作文として提出したり、精密な未来年表をつくったり。饗子と仲間になってからは、そんなことばっかりやってたんだ。

悠有は無賃乗車が好きだったけど、ぼくは年表づくりが気に入ってた。適当につくるわけじゃない。最初に全員がカードを引いて勝利条件を決める……百年後にどんな状態に人類をもっていきたいか、一人ひとりの目的を確定するんだ。それから、統計資料をもちよったり、欧米の政府機関やシンクタンクが出してる予測を混ぜ合わせたり、お互いの予測にけちをつけたり、突発事故や事件はランダムに一覧表からひっぱってきて、大真面目に今後百年の人類史を創っていく。それはもう、チェスやモノポリーくらいに立派な盤上遊戯《ゲーム》だった。

二回に一回は、ぼくは自分の引いたカードを実現させた。本気でやったら勝率はもっと上がってたんだろうけど、毎回〈人類の破滅〉や〈近代文明の衰亡〉を引くわけにもいかないから、これはしょうがない。

——人類の絶頂は一九六九年で、ぼくらの未来はロクなもんじゃない。

というのが、その頃のぼくの信念だった。

そして信念に反するようなことは、たとえ架空の年表ゲームでも、あんまりやりたくなかったたってことだ。

もちろん、ぼくだって知らなかったわけじゃない。ちょっと前まで冷戦ってやつがあったこと、人類が二百回くらい滅んでしまうのをみんな本気で心配してたってこと、それが終わってたくさんの人がほっと安心したってことなんかを。

だけど、どこからともなくジェット機が突っ込んで来て、いっぺんに三千超の民間人（当初の発表ではその倍だったけど）が高層ビルごとぶち殺されるような世界と較べて、どっちがほんとうに「まとも」なのかを判定するのは、けっこう難しい。

とくに、その巨大な大量殺人がいつのまにか戦争行為にすり変えられて、被害者側が戦争でもって報復したがる（しかも上手くいってない）ような状況では。

だからそんなわけで、年表ゲームを繰り返し、その結果を見てるうちに、なんとなくぼくらがみんな信じ始めてたのは、こんなことだった。……きっと数十年以内に、ぼくらの住む世界は、主権国家の体裁をととのえていられる少数の先進地域と、人権を売買して先進地域のための傭兵供給源に堕する大半の地域に分かれるだろう。そして人類は、決して銀河系いっぱいに広まったりはしないだろう。ぼくらは曲解と誤謬《ごびゅう》の沼の中で静かに窒息していくだろう。『未来』という輝かしくも安っぽい鍍金《めっき》は、国際貿易の退潮と共に、どこかへ……ぼくらとは無関係の深くて暗い底のほうへ、流れ落ちてしまうことだろう。

——そもそも『未来』っていう観念そのものが、近代に固有のフィクションでしかないのよ。

饗子の意見は、一言でいうとそんな感じだ。ゲームで人類文明が停滞するたびに、あいつはそういって愚痴ったんだ。……そしてぼくらは誰も、それに反論する材料を持ち合わせてなかった。

「〈プロジェクト〉よ」

ソファの真ん中に座って、毛布代わりにぼくの幼なじみを抱きしめたまま、お嬢さまはもういちど宣言する。

「悠有の素敵な超能力の、分析と開発よ」

ちょっとした間があった。

コージンが、ゆっくりとぼくらを眺めまわして、いった。

「で？」

そして——そのあとのほんの数秒は、とても奇妙だった。今でもはっきりと憶えてる。

饗子は本気の顔だった。

ぼくは彼女につきあって、できるだけ真面目な顔を保とうとしてた。

ここで誰かが一人でも、そんな莫迦なことおきるわけない、ただの見間違いだろうといってれば、たぶん、全員同調したにちがいない（饗子だって、表情をこれっぽっちも変えることなく『そうよ、これは冗談よ、でも面白い冗談でしょ？　今年の長い夏期休暇を忙しくするにはもってこいだわ！』なんてことをいっただろう）。

誰もそんなことはいわなかった。

ぼくはコージンを見つめ返し、それから念のため涼のほうを一瞬だけ盗み見た。

やつも本気だった。予想はついていたけれど。饗子の信じたことを、涼が疑うはずがない。

涼の頬はこわばってた。

涼だけじゃない、全員だ。どうしてこんなに緊張してるのか、ぼくは理解できなかった。だけど緊張感はそこにあったんだ。たしかに。

「あのねえ、きみたち」

カウンターのほうから、おばさんの声がした。ぼくはふりむかなかった。

「毎度そうやって、わたしのお店でＳＦっぽいことダべってるのもいいけど、せっかく来週から夏休みなんだし、もうすこし有意義な時間の使い方をするってのは、いかが？　きみたち、みんな頭いいんでしょ？」

ぼくは苦笑をこらえた。

頭がいい。

幾度、耳にした言葉だろう？　世間的には、確かにぼくらはそういうことになってた。県でいちばんレベルの高い学校の、そのなかでも成績上位。偏差値は公表されなくなっていたけど、高校の順位や序列はみんな心得てる。おおっぴらに数値にできないぶんだけ、そういう情報はよけいに価値を帯びるようになってた。

そんななかで、ぼくらはみんな、そういう扱いだった。『頭がいい』子供たち。ＩＱでいくつだとか、全国模試で何番なんだろうとか、噂話だけがどういうわけか広まってた。そのことに、ひねくれた優越感を感じていなかったといったら、嘘になる。ぼくらのＩＱは、かなり高かった。そしてＩＱなんてものが本当の頭のよさとぜんぜん関係ないってこと、そんなことを気にする連中にかぎってまともな本を一年に一冊も読んでないってことを理解できるくらいには、頭がよかった。

厳密にいえば、ぼくは頭がよかったわけじゃない。単にちょっとばかり早熟だっただけだ。人より早くから本を読んで、暗記するのが得意で、教科書をパズルのように眺めて、つまりはそれだけのことだったんだ。美原高《ヨシコー》に入ったのも、それから悠有に公立高校受験のテクニックを叩きこんで、今後十年間この店で無料の紅茶を飲めるようになったのも、ようするに小手先の技術だったんだ。

本当の頭のよさってのは、そういうことじゃない。

ということをきちんと理解できたのは、もうすこしあとの話で……この時のぼくは、まったく別のことに気をとられてた。

さっきからのおかしな緊張感。悠有以外の全員が……誰かが最初に、これはただの冗談だよといいだすのを、じっと待っている。だけど、誰もそれをいいだせない。その正体にぼくは気づく。

これはもう、ゲームの一部なんだ。

最初に反論したやつが負ける、意地と高慢のゲーム。なぜかって？　反論したら、そいつは常識の側の人間になってしまうからだ。饗子の冗談みたいに莫迦らしい本気の提案を、莫迦げてると口にしてしまったら、そいつは皮肉や諧謔《かいぎゃく》ってものをまるで理解していない、ただの勉強の上手なふつうの高校生に堕してしまうからだ。

『優秀な』人間というのは……そしてぼくらは心のどこかで、自分たちもその中に含まれるべきだと信じていた……これくらいのことで驚いたりはしない。空間跳躍？　時間移動？　そりゃ興味深い。ぜひとも楽しまなくちゃ。ただの見間違いにするには面白すぎるさ、そうだろう？　物理的に不可能な事象が目の前にあらわれたからといって、取り乱したりするのは常識人のすることさ。驚きなんて、知性の手抜きにすぎないんだから。ぼくらはそうじゃない。ちょっとやそっとでは驚かない。そうとも！

「御忠告ありがとうございます、おばさま」

饗子の、いかにもお嬢様然とした返事は、ひどく遠くから聞こえてくるようだった。

「来年の夏期休暇には、ぜひとも有意義な二ヶ月を過ごすべく努力いたしますわ」

「プロジェクトはわかったけどさ、饗ちゃん」と悠有。「何すればいいの、あたし？　具体的に」

窓の外では雨が降り出してる。

夏はどこに行っちまったんだろう、とぼくはぼんやり思った。そうするより他に、やることが思いつかなかったのだ。

ペトロニウスが（もしくはジェニィ、ク・メル、チェシャ、ハミイー、アプロ、その他諸々が）あくびをする。湿った沈黙の後ろで、晴れわたった夏の舗装道路を、鮮やかな自転車の群れが全力で駆け抜けていく。ゴールまであと二十キロ。おばさんは店の本棚からフィニイの『ゲイルズバーグの春を愛す』を取り出し、読み始める。

そしていつものとおり、決定したのは饗子だった。

「そんなの決まってるでしょ。実験するのよ」

ようするに、その一言で決まったわけなんだ。

その夏、ぼくらのやるべきことが。そしてそれ以外のすべてが。

Chapter 2 夏休みが始まる

古墳時代の辺里盆地

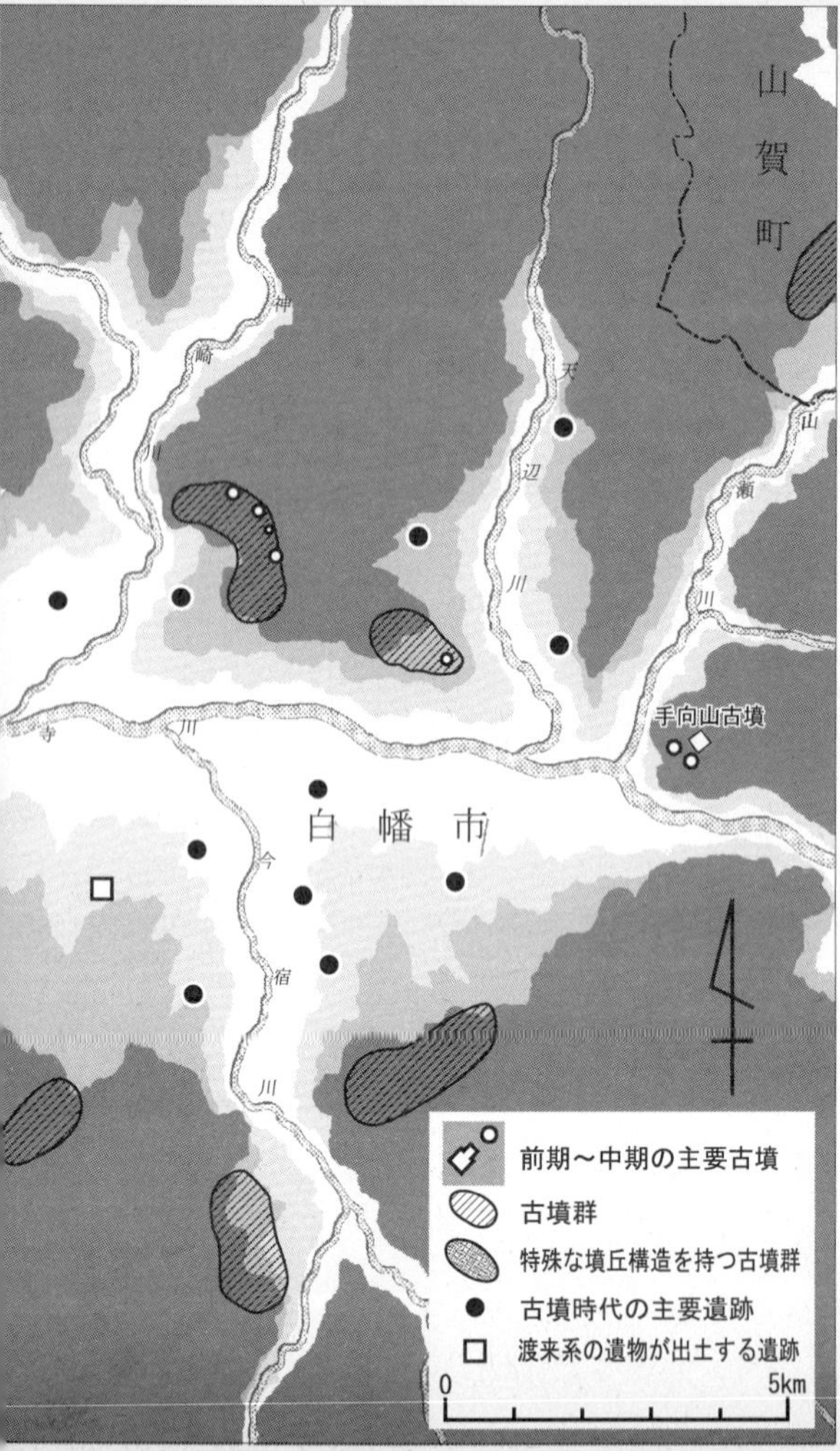

…前期の墳墓は、辺里市北西部にある辺里大塚古墳（前方後方墳）が最大である…（中略）…古墳時代後期になると、盆地の各地で群集墳が登場する。特に、神奏町では石を積み上げた墳丘を持つ古墳群が確認されており、渡来系遺物が出土する集落遺跡との関連性が指摘されている。

(「辺里市の原始・古代」『辺里市史』第１巻より転載)

6

「梶尾真治の新作。エッセイ集、ていうか、入門書」

「買った」

「ウェルズ。『タイムマシン』、岩波文庫」

「パスいち」

「なんで？」

悠有は一覧表から顔をあげて、ぼくを見る。ぼくらは雨の中を歩いていて、大きな半透明の傘の向こう側の彼女は、なんだか別次元から放送されている映像みたいだ。

「機械的な時間旅行の話はできるだけ除外しろってさ」ぼくは異次元の悠有にむかって

返事をする。「時間旅行機とか使ってなくて、自分で『跳んだ』ってことになってんだろ、あの時。だから」

「ふーん。そうなの？」自分のことなのに、悠有はあまり実感がなさそうに首をひねる。

「そういうこと。ていうか、ようするに饗子の趣味」

「ふーん」もういちど彼女はいって、「じゃあ次ね。『トムは真夜中の庭で』、フィリパ・ピアス。『たんぽぽ娘』、ロバート・F・ヤング。これは短篇なんだって。それから……」

——〈プロジェクト〉発足最初の週は雨で、ぼくらがやったのは資料を集めることだった。

けれど、そのための経費は限られてた。手持ちの現金が少なかったわけじゃない（たとえば涼の一族は医者と郵便局長と市議会議員だらけで、昔の区分でいえば村二つ半くらいの不動産を所有している）。それがいつもの、ぼくらの……というよりも饗子の……決めたルールだったんだ。

「無制限にお金を使えるのだったら、ちっとも頭の使いどころがないわ。でしょう？」

饗子の主張は明確で、正当だった。

「経費はできるだけ少額であること。時間制限があること。おわかり？」

当然のことだけど、最初の予定では現場検証をいちばん先にやるはずだった。つまり悠有をもう一度校庭のあの場所に連れていって、同じ方向から同じくらいの速度で走らせて、同じ現象がおきるかどうかやってみる。ちなみに作業工程の優先順位は、こんな感じだった。

一……現場検証、ならびに現象の再現を試みる。
二……事件当時の目撃情報を集める。
三……資料を集める。ただし経費は一万円以内。また、資料はフィクションを中心とする。

われらが〈時空間跳躍少女開発プロジェクト〉メンバーの過半は順番どおりにすすめるつもりだったのだけど、〈プロジェクト〉の提唱者と実験対象がほぼ同時に、

「雨ん中を走るの？」
「雨の中を走らせるですって⁉」

と不満爆発。討論の結果、三対二の多数決だったはずが、なぜか女性陣の少数意見が採用された（涼のやつが饗子のプレッシャーに弱いという話は、さっき書いておいたとおりだ）。

考えてみればこれは非合理的な話だ……あのマラソンの時だって、そんなに上天気というわけじゃなかったんだから。でも、決まったことは決まったこと。校庭の短距離走

実験は天候回復までおあずけ。それにコージンもぼくも、たいして抗議はしなかった。なぜかって？

ようするに、ぼくらはみんな本の虫だったたってことだ。

ぼくらは少しばかり肩をすくめ、いつもどおりに〈プロジェクト〉を始めた。時間旅行に少しでも関係すると思われる小説を、それぞれリストアップして持ち寄り、どれを読むべきか、どれはもう読み終わっているか、どれが読むまでもない駄作なのか、そしてどれが大型古書店の片隅に一〇〇円の値札付きで眠っているかを、楽しみながら調べ始めた。

「でも、どうしてフィクション？」

悠有の当然の質問に、饗子は丁寧に答えた（もしも質問者が男性陣だったら、あいつはきっと「そんなこともわからないの？」とだけいって話を先に進めてしまったにちがいない）——曰く、時間旅行についていちばん詳しいのは小説という分野であること。そこには様々な変奏《バリエーション》があり、きっと悠有の「能力」を解き明かすのに参考になること。時間旅行を真面目にとりあつかっているノンフィクションは、あまりにも少ないこと。そしてなにより、そのほうがずっと面白そうであること。

悠有はうなずき、ピートはあくびをし、かくしてぼくらは〈夏への扉〉と市立図書館と国道沿いのブックオフとをぐるぐる巡りながら、購入予定リストを一行ずつ削っていくことになった。

〈――ジャック・フィニイよ〉

店中に饗子の声が響く。

〈他の何が欠けても、まずはフィニイが必要だわ〉

その日〈夏への扉〉に来ていたのは悠有とぼくだけで、おばさんは猫とにらめっこをしてる。他に客はいなかったから、店の電話を外部スピーカにして、使いほうだい。

座席を仕切るように置かれた本棚の間を、ぼくらは走り回り、大きく安堵のため息をつく。

「だいじょうぶ。全部あるよ。ここに」

〈――全部ですって？〉

「うん、全部。その手のやつはね」悠有が首を横にして、積み上げた背表紙を読み上げる。「えーとね。『ゲイルズバーグの春を愛す』、『レベル3』、『夢の10セント銀貨』、『マリオンの壁』……ハードカバーと文庫の両方ね。それから『ふりだしに戻る』、これも両方。『時の旅人』、『夜の冒険者たち』、『盗まれた街』……は関係ないのかな。あとは英語の本でね、十九世紀の実録もの」

〈――まだ全部あったの？　驚きだわ〉

「うん」

悠有は戯《おど》けたようにうなずく。

ぼくは肩をすくめる。

「同感だね」

……〈夏への扉〉がひどく奇妙な店だってことはもう説明したけれど、それは見た目のことだけじゃないし、本棚が二十五本も店内にあるから、というだけでもない。問題は容れ物よりも中身だ。

SF、ミステリ、幻想小説、怪奇小説、古い雑誌、コミック、画集、分厚い稀覯本、きちんとしたところへ持っていけばかなりすごい値段のつくような書物が、本棚に雑然と突っ込んである。パラフィン紙で覆ってあるわけでもないし、閲覧禁止でもない。それどころか、飲み食いしながら好きなだけ読んでいいことになってるんだ。本がほとんど傷まないのは、まったくの奇跡か、でなけりゃ常連客の涙ぐましい自助努力か、どっちかだ。

この奇妙な喫茶店《おみせ》は、その道のマニアのみなさんの間ではずいぶんと有名で、連休や観光の時期《シーズン》になると毎年かならず十数組の客があらわれ（どいつもこいつも年齢不詳、服装はあまりぱっとしない）、本棚を眺めまわしては「おお」とか「うわあ」とかいう声をあげるのが恒例だった。

もちろん、それらの幾冊かは消え失せることがあった。より正確にいえば、どこにもお目当ての書物が見つからないと常連客が騒ぎ出し、どうやら前の客が持っていってしまったのではなかろうか、という結論にやがて落ち着く。おばさんは本が見当たらないのを指摘されると、いつも、

——あらまあ。そういうこともあるのねえ。

と、まったく論理的でない感想をつぶやいてから、世の中のあらゆる事象は永遠に続きはしないという哲学をぼくらに開陳するのだった。

本のことだけじゃない。店の経営だって、かなりいいかげんだった。実際、ぼくら（この場合はぼくと涼）のほうがうまくやりくりできるんじゃないかって思ったくらいだ。そもそも悠有の両親が亡くなるまでは、おばさんはお店なんかやったことなかった。というか、何もやったことがなかったらしい。当人曰く、世界中を「ぶらぶらと旅してただけ」なんだそうな。

そんなわけでぼくと悠有は、かなり早い段階で『おばさん哲学』に対する結論を得てた……つまり問題はこの世の事象一般にではなく、おばさんの脳天気な性格のほうにあるんだ、と。

もっとも、本がなくなって半年か一年くらいすると、いつのまにかまた同じやつが本棚のどこかで見つかるので、おばさんとしては問題を感じてなかったのかもしれない

（少なくとも店の蔵書については）。いったいどこから本が戻ってくるのか、それともおばさんがどこかから補充してくるのか、そこんとこはまったくの謎だった。

たぶん、ぼくの読書癖はあの店のおかげだったのだろう。教科書を暗記できる人間にとって、学校の授業はまったく退屈なスロー再生映像だ。そんな人間がこの不思議な店の蔵書を読み尽くし、配置を記憶するまでに、ひと夏くらいでは無理かもしれないけど、四、五年もあればなんとかなる。そしてぼくが〈夏への扉〉に出入りし始めたのは小二の三学期からだった。

〈――ふうん。一万円は多すぎたかしらね〉饗子の声がする。〈他のはどのくらいあるの？　リストの何割くらい？〉

「七割以上かな」と、ぼく。「新しめのやつは、そんなにないけど」

〈――なら、あれはどうなの？　『時をかける少女』は？〉

「文庫で二種類ある」

「え」悠有がおどろく。「あれって、映画をコミックにしたんじゃなかったの？」

〈――違うわよ、原作の小説があるのよ。悠有ったら、もっと本を読みなさいな。あとはネイサンの『ジェニーの肖像』……は悠有が持ってたんだっけ〉

「もちろん！　ちゃんと読んでるよ、あたしだって」

〈――あれだけはね。さてと、それからバズビイよ。『ここがウィネトカならきみはジ

ユディ』〉

「なにそれ、変なタイトル。そんなの見当たんないよ？」

探しに歩いていった悠有の笑い声が、本棚の間から響く。たしかに変てこな題名だけど、中身は悪くない。それどころか、時間旅行テーマでぼくがベスト5を選ぶとしたら、いつだって間違いなくランクインするだろう。すくなくとも短篇部門では。

「アンソロジーに入ってるんだよ。新潮社の、白いやつ」

「ふーん。あ、このへんにまとまってる、リストの本。えーと、グリムウッド『リプレイ』。ハインライン『夏への扉』……」

おばさんが嬉しそうに、その本ならこっちにあるわよ、と手を振った。

「……は二冊あります、と。ベイリーの『時間衝突』。小林泰三の『酔歩する男』これは『玩具修理者』に入ってるやつね。小松左京の『果しなき流れの果に』。高畑京一郎で『タイム・リープ』。萩尾望都は『マリーン』。あ、こらジェニィ、邪魔しちゃ駄目だって！　えーと広瀬正は『マイナス・ゼロ』。……」

悠有はまるで本を呼び寄せるように次々と読み上げ、棚と席の間をせわしなく往復する。彼女の足もとには太った灰色猫がまとわりつき、ぼくはたくさんの書名を一つ一つ横線でつぶしてゆき、テーブルには本の山ができあがってゆく。

「もしもし、饗子？　聞こえてる？」

〈——聞こえてるけど、わからないわよ。面倒だからリストの残りをメールしてちょうだい。アマゾンで調べてみるわ。もしかしたらユーズドに出てるかもしれないし。いいわね？〉

あいかわらずのアマゾネスだ、とぼくはつぶやいた。悠有は聞こえなかったのか、少しも音をたてなかった。まあいい、べつに冗談をいったわけじゃないんだから。

饗子は、まったくのところ、実に熱狂的なネット通販信者だった。とくに、自分の検索した書籍と関係のある他の商品が、次々と「お勧め」されてくる機能に心酔してた。恋してたといってもいいくらいだ。彼女にとってそれは、

——貴女はこんな人間なのですよ。こんなものを愛しているはずなのですよ。そうでしょう？　そのとおりでしょう？

と、回線のむこうから誰かに囁かれているようなものなんだ。そして、それがとても心地よいことなんだ、饗子には。たぶん例の〈倶楽部〉を始めたのも、そういう感覚がきっかけなんじゃないかと、以前に涼と真面目に考察したことがある。

〈倶楽部〉の全貌を、ぼくが知ってたわけじゃない——すくなくともこの時は。例の事件のあとで判明したこともたくさんあるし、その後も大勢の人間がずっと研究を続けてるっていう話も聞いてる。

ともかく、この頃ぼくが知ってたのはこういうことだ。〈倶楽部〉の会員になると、

自分のことを見守っててもらえる。ほぼ一日中、携帯電話とか、ピンマイクとか、市販の盗聴器とか、カーナビを利用した位置確認とか、商店街や駅前広場の監視カメラとか、玩具《おもちゃ》の風船にくくりつけた極小暗視装置とか、とにかくそこらで手に入るような電子機器の組み合わせでもって。（ちなみに玩具《おもちゃ》の風船以外は、ぜんぶ饗子以外の誰かが据えつけたりしたやつで、彼女は単にそこからデータを盗んでるだけらしい）

はじめは、聞き間違いかと思った。会員自身を、じゃなくて、会員が見張りたがってるけど見張れない他人を、代理で見張ってやってるんだろう？……でもそうじゃない。自分を見ていてほしいんだ、会員たちは。機械に見つめられて、聴かれて、記録されて、分類されたいという人間が、この世には確実に存在するんだ。

自分の記録を後から送って欲しいという会員もいれば、単に見られてるだけで安心する人もいる。記録の一部を編集して、自分のウェブサイトにアップしてるやつもいる。東京の成城だか白金だかには、窓の外から撮られるのをひどく気に入って、一日じゅう部屋から出ようとしない御婦人もいるんだそうだ。

ぼくにはまったく理解できなかったけど、まちがいなく連中は実在してた。もちろん外部にも他の会員にも、記録は絶対に見せたりしない。セキュリティは万全です、というのが〈倶楽部〉の謳い文句だ。けれど、それにしても！

〈倶楽部〉が発足した二年前は、まだ〈お山の上〉だけが範囲で、女生徒数人が面白半分に参加してただけだった。だからきっと、女の子が鏡を見つめてため息をつくような、そういう気持ちをちょっと電子的に表現してみたかっただけなんだろうと思う。でも今は違う。辺里をふくめて県内で六都市（ということはつまり人口十万以上の街はすべて）、県外だと東京と大阪をそれぞれ一つとしても八つの都市で〈倶楽部〉の会員は増え続けてた。もしも電子的に情報を交換することを友人関係と呼んでもいいのなら、饗子はおそろしくたくさんの親友にいつも囲まれてた。

ぼくは〈倶楽部〉について、何度も想像してみた。

それに参加してる数千人の会員について。日本中どこにでもある監視カメラについて。そこから伸びてる無数の送信ケーブルが本当はどこにつながっていて、そのうちの何割が実は饗子のもとに届いているのかについて。

視ている無機物と、視られている有機体について。

視られなければ安心できない、ぼくら人間という哀れな現象について。

物音がしなくなったので、ぼくはふりむいた。

さっきまで悠有がいた場所——二つの本棚のあいだの狭い隙間——には、『ゲイルズバーグの春を愛す』が乱暴に伏せて置いてあった。飛んでいた鳥が急に力尽きて、ばっさりと地面に落ちたような恰好で。

楕円の額縁に飾られたヴィクトリア朝時代の美しい婦人が、表紙の中から、上下逆さまにぼくを見つめてた。

「……悠有?」

「なに?」

奥のほうから返事がある。それから、ジェニィを抱いた彼女がひょっこりと顔を出す。髪が揺れて、きれいな瞳がぼくをじっと見つめる。あの、いつもどおりの、底なしの、黒いはずなのになぜか藍色にきらめく、不思議な瞳。

ぼくの心臓は、ようやくその時になって激しい鼓動を再開した。すくなくとも、その瞬間のぼくにはそんなふうに思えた。

「いや、べつに。なにも」

「そうなの?」

「そうだよ」

「ふーん。ならいいけど。あ、ここにもあった」

彼女は身をかがめて、フィニイの文庫本を拾い、他のやつとあわせてぼくの前に積む。

「ねえタクト、これ三冊もあったよ?」

ぼくは適当に返事をした。たった今の出来事(出来事? 何もおきなかったことをそんなふうに呼べるものだろうか?)について、ぼくは悠有に確かめなかったし、窓際にいたおばさんに何か見なかったか訊ねたりもしなかった。要するに、この頃はまだ真面目に考えていなかったんだ、ぼくらは。これは単なるプロジェクトで、暇な夏休みをやりすごすための非建設的な冗談で、素敵な本を読むための口実でしかなかったんだ。

とはいえ、もしもあの時詮索していたとしても、その後の事態の推移はあまり変わらなかったんだろうけど。

7

梅雨はいつまでも終わらなくて、それはもうまったくブラッドベリの短篇に出てくる光景そのままだった。

〈夏への扉〉の本棚を探しまわるのは悠有の担当で、ぼくはコージンと一緒に『目撃証言&現場検証担当』に任命されてた。そして、それを早めに済まさなくちゃいけないのに、天気の悪さを言い訳にして、ぼくらはぐずってた。

もしかしたら饗子のやつ、おかしな天気が続くのがわかってて、面倒な外回り作業をぼくらに押しつけたのかもしれない。〈お山〉からかかってくる催促の電話に我慢できなくなって、ぼくらがようやく動き出したのは、マラソン大会から四日も経ってからで……その間も天気は悪くなるいっぽうだった。大失敗だ。

七月第四週の水曜日。ほんとならバイトがある日だったけど、しょうがない。ぼくはバイト先に連絡する。電話をとった若旦那は、

——おう、いいよ。どうせ雨で商売あがったりだから。

と、理由も訊かずにOKしてくれた。いかにも彼らしくって、ぼくはちょっと笑ってしまった。善良性と決断力が、ちょうどいいところで平衡を保ってる。

若旦那ってのはKABAサイクリングの後継ぎで、共同経営者で、由緒正しき四代目エンジニアだ。どのくらいの由緒かというと、明治になって県央で初めて自転車を製造販売したのが初代・蒲田《かばた》平四郎《へいしろう》で、図書館の郷土コーナーに行けば彼についての書物が四、五冊は(二代目が書いた自費出版も含めて)置いてある。ただし昨今の四代目は、チェーンとスポークで出来た移動システムじゃなくて、別の機構《システム》の修復に熱中してるんだけど……そのことはあとで説明しよう。

今は、雨のことだ。

バイトを休んで、遅い朝食をとって、駅前までとぼとぼ歩いてきたぼくの前には、き

らきらと雨に濡れてる街があった。

いったい何百回、何千回、この駅前を眺めたことだろう？　ぼくらの街、東京から遠い街。学校、図書館、〈夏への扉〉。家から駅までの道のりは、きっと目をつぶってても歩けるにちがいない。バス通り、商店街、ちょっと横道に入ればＫＡＢＡサイクリング。

ぼくらの街。大半が手違いで出来上がった街。

雨の中を、大人たちが歩いてゆく。これまで眺めたあらゆる情景がぼくの中で多重露光を開始する――ネクタイをしめた連中は市庁舎と居酒屋を往復してる。大学生はパチンコ屋とカラオケボックスへ。主婦の皆様はもちろんコージンの実家へ（というより「辺里市名物・アラキ屋の水曜超バーゲン！」へ）直行だ。駅前には学習塾と駐車場ばかりが増えている。アーケード街の一等地は、漫画喫茶とネットカフェだらけ。

大人たち、有権者たち。同じ街に仲良く棲みつく、無関係と無関心の群れ。

急に、ぼくはおそろしく不安な気分になった。

街のせいで、じゃない。

朝から晩までジメジメして、出歩くのはもちろん家で寝転んでるのだって嫌な日に、とくに親しくもない隣の組の男子から呼び出されて、いったい萬田のやつはほんとうにやってくるんだろうか……という至極的確な疑問のせいでだ。

ところが、われらが萬田女史は実に前向きだった。約束の時間よりも三十分も前に来てぼくらを待ちかまえてたんだ。

＊

「見間違いじゃないってば。ほんとよ！」

こっちが話を切り出すまでもなかった。萬田のやつは、とにかくこの話を誰かにしたくてたまらなかったらしい。

駅前のスターバックスで、ぼくらは話をした。雨にも負けない（というか、かえってどぎつく目立つ）鮮やかなグリーンの人魚印。新しい市長と街の有志が音頭をとって誘致した店——というのは冗談のようだけど、これは本当の話だ。

件《くだん》の有志の皆様曰く、都会というものには必ずスターバックスの支店があるはずで、辺里にだけ未だ支店なしとは大層遺憾であったんだそうな。

初めは駅前商店街の組合でちょっと話題になり、時計屋の店主が有志の会をつくり、やがて市議会で前市長派への攻撃に利用され、市町村合併問題と絡み合い、でかい市民会館建設の談合疑惑に合流し、票が割れ、対抗馬が担ぎ出され、裏取り引きで下ろされ、それがまたローカル新聞にすっぱ抜かれ……そのころには、スターバックスの緑看板はすっかり市政改革の象徴になってた。

われらが辺里市の自治史上ずいぶん珍しいことに、この件だけは、ばっさり賛否が分かれた。新市長擁立派は賛成、前市長派は反対。

他の件では、そんな簡単な話にはならない。どっちの派も、細かい派閥や利益団体の寄り合い所帯なんだから。たとえば新市長派は、ただの無党派層とかホトリ生活者ネットワークみたいなNPOの支持ばっかりじゃない。今後の年商予測に焦ってる商店街の若い店主たち、前市長の弟と十年前に酒の席で大喧嘩してから反主流派になった土建屋、次の選挙で巻き返しを狙ってる落選中の県会議員、さらには鎮守の森の保護と天皇制護持をからめて講釈する御年九十の右翼爺さんまでいる。頑固頭の保守派のほうだって、呉越同舟ぶりは似たり寄ったりだ。

皺くちゃ爺さんを見事蹴落として当選したばかりの若き市長さんとしては、内部引き締めってことで、分かりやすいポイント稼ぎをしたかったらしい。それが、一年前の話。

コーヒーは好きじゃなかったけど、ともかくぼくらは不必要なまでにお洒落なベージュの座席に座ることになった。

〈夏への扉〉で話を聞いてもよかったのだけど（そのほうが無料で紅茶を飲めるし）、なんとなく雰囲気にあわなかったので、やめた。悠有のことを調べるのにあの店を使うのは、なんというか、おかしな表現だけれど、卑怯なおこないのように思えたんだ。それに、あまり親しくない連中とは〈扉〉で会いたくなかったというのもある。

「ほんとに移動したわけ？　ぱっと消えて？」

いいながら、ぼくはコーヒーをかきまわした。ミルクが混ざり合って非可逆的な紋様を描いた。

「違うってば。そうじゃなくって……ていうか、消えたのは消えたんだけど、移動っていうんじゃなくて、ええとだからね、なんだかとばされたっていうの？　わかる？　わかるっしょ？」

「跳ばされた……って、跳んだの間違いだろ」

「違うってば。だからね」

萬田は両手を大げさに動かして、テーブルの上の、目に見えない塊を右から左へ移そうとする。

「だからね、こういうふうによ。あたしたちがとばされたの。あたしたち全員が。あのさ、英語の授業で順番に先生にあてられたりするじゃない？　席順で、列の前から後ろへ。で、すぐ前の人が一行読むでしょ？」

「ああ」

「で、次はあたしのはずなのに、なぜか先生はあたしの後ろの人をさして、読めっていうのよ。そういう感じなの。わかる？　だんだん近づいてきて、当然あたしんとこにも来るだろうなって思ってて、準備もしてて。でも彼女は来ないのよ。ぱっと目の前で、まるでこっちがシカトされたみたいな……そう、そうよ！」萬田のやつはテーブルを叩いた。「とばされたのよ！　ぜんぶ、丸ごと、おいてかれたのよ！　五秒くらい。間違いないんだから。心臓がばっくんばっくんする回数、憶えてるし」

ぼくは、自分が頭の中で漢字の誤変換をしていたことに気がついた。

跳《と》ばされた、じゃない。

放置《ばされたんだ。》

萬田は、そういいたがってる。

あの時あそこにいた萬田が……いや、彼女だけじゃなくて。ゴールも、ゴールのまわりにいた生徒たちも、校庭も、伝統あるマラソン大会も田舎臭い街も不快な曇り空も、その他すべてが。

全宇宙が。

悠有だけがどこかへ……すうっと……行ってしまって、それ以外のあらゆるものが取り残されたんだと。

「あの子はぜんぜん問題なしに、このへんから、こういうふうに、ゴールにむかって走ってたの。わかる？」萬田はまだ勝手に話し続けてる。「あたし、怖かったんじゃないのよ。うん、まあ、少しは怖かったけどさ。でもどっちかっていうと、びっくりしたのと、それから……なんていうんだろ、あのね……うーん。なんかね、すっごいバカにされたみたいなさ。そう、そういう感じ。わかる？　あたしの目の前に来たところで、勝手にスキップ・ボタン押したのよ。勝手によ⁉」

「押したって、誰が？」

「知らないわよ、そんなの！　ていうか、あんたたちがそこんとこ調べてんでしょ？

こっちが聞きたいっての」

「いや、そういうわけじゃないけど」あらかじめ饗子が準備してくれた言い訳を、ぼくは思い出す。「というか、その逆。先生からいわれてんの。萬田のこと、気にしてやれって」

「は？　あたし？　あたしが？」

萬田の家は、昔から変わってるやつが多い。という噂は、このあたりではみんな知ってた。より正確にいえば、地方の小都市に似つかわしくない言動をする者に対しては、そういう噂がいつのまにか貼りつくことになってたんだ。それはまったく、巧くできた識別機構だった。住基ネットなんかよりも、よっぽど確実なシステムだ。

――まぁ色々いうても萬田の一族は、ほれ、『川むこう』の新参者だからの。

そんな一言で納得してしまう連中も（年寄りだけじゃなくて）たくさんいた。化粧が派手だの、ゴミの出しかたを間違えただの、市民運動に関わってるだの、鳩を飼っているだの、外国人と結婚しただの、なにをやってもやらなくても、それが事実であろうとなかろうと、すべて『変な連中であること』の傍証にされてしまう。彼女の従妹の一人が南の島のなんとか共和国で出会った現地人と結婚したこと（しかもそのまま大統領夫人になっちゃったらしい）だけは本当の話だったのだけど、ようするに萬田の住んでいる『川むこう』は、まとめてそういう扱いだったわけだ。

「ちょっと待ってよ。わけわかんないわよ、そんなの！　なんであたしのせいなのよ」

「っていわれても。こっちだってべつに」

「ちぇっ」萬田は腕を組んで体をゆする。いつも見慣れている悠有と比べてずいぶんと大柄だということに、ぼくはあらためて気づき、ちょっと感動する。存在感というのは、こういうことをいうのだろう。「大っ嫌い。こんな田舎の街」

「まあね」

「ていうか、もうほんとに、ただのでっかい村みたいなもんだし」

「まあね」

「ぜったい出てってやるんだから」

「まあね」

「ほんとだよ！　あたし出てくからね！　大学、ぜったいに東京！」

ぼくは、飲みもしないコーヒーをかきまぜる。クリームの真っ白な非線形性はとことんまで拡散して、つまりは不味《まず》そうな薄茶色になっていく。

「まあね」

8

スタバを出る頃には、また雨が降りだしてた。

萬田のやつは、おしまいあたりでは今にも家出しそうな勢いだったけど、それでもちゃんと歩き慣れた道を通って、住み慣れた自宅へと戻っていった。きらきらと濡れる、無関係と無関心の網の中へ。

（……まあ、若旦那の他は、だな）

ぼくは頭の中で訂正ボタンを押す。

KABAサイクリングの四代目さんが最近熱中してる機構《システム》は、駅前にはなくって、そこから城跡公園のほうへ十五分ほど歩いてった〈図書館通り〉の突き当たりにある。

改築して五年、街の真ん中で無駄にそびえ立つ市庁舎の四階、大勢の脂ぎったおっさんと爺さん（と数人のおばさん）が集う広い空間……通称・辺里市議会だ。もう少し詳しくいうと、『平成十年度・善福寺川中流域改修計画に関する不明朗会計問題』ってことになる。

さっきもいったとおり、新市長派も議会の保守派おじさんたちも、中身はごった煮なのが現状だ。そして双方とも、相手の内情はきちんと理解してる。だからお互い、相手をまず分裂させようとしてあらゆる手練手管を使ってくる。

スタバの件はシンボルになっちゃったけど、規模自体は小さいほうだった。他の話のほうが、根が深いって意味では大きなことだ。中学校の校舎改築案、トリブルを実施する時のどたばた騒ぎ、水道課長の立ち小便スキャンダル、隣の市との合併問題――そしてもちろん、河川改修の汚職疑惑。

そこでは、いつだって噂と怪文書が楽しそうにダンスを踊るんだ。

若旦那だって、(噂によれば)オンラインゲームに熱中してる性悪息子で、青年団ぐるみで会館内の無料端末から勝手にアクセスしまくってることになってた。

ぼくはため息をつく。

教訓その一。古い格言にあるとおり、戦争で最初に被弾するのは『真実』である。その二。地方都市の政争においては、それの屍《しかばね》さえ見当たらない。ようするにぼくらの街のあらゆることは、この雨の情景みたいに、どこまでも曖昧で、どこまでも気が滅入るようにできてるんだ。……

「境界条件を」ずっと黙ってたコージンが、急にいう。

「え？」

「絞り込まねえとな」

「ああ」すぐにぼくは、やつの思考に追いついた。化学の実験と同じだ。原因を取り出すには、よけいな要素をぜんぶ除外しなくちゃならない。今回の場合は、たとえば校庭のあの場所、時刻、温度や湿度などなど。「饗子のやつは、もうすっかり悠有の超能力だってことに決めてるみたいだけど」

「行くぞ」

「あ?」

「グラウンド。学校の」

「もしかして走ってみようっての? 今から?」

コージンは笑った。というか、口のはしっこだけを歪めて、こっちを見下ろしてきた。なんだかわけもなく、腹が立った。ぼくらはいつのまに、こんな親しげな位置関係をとるようになったんだ?

「頭いいのな、おまえ。じゃ、見ててやるからよ」

「……なんで自分で走んないんだよ?」

「んなの決まってんだろ」もう一度、同じ笑み。反発と共感が、電流みたいにぼくの首筋から背中をはしる。自分と同じことを考えて、しかも一歩先に行動してるやつに対する、相反する二筋の流れ。「濡れんの嫌だから、だよ」

……そんなわけでぼくらはビデオカメラを持ってる金持ちの三男坊、つまり涼のやつを呼び出して走らせたわけだ。あまり大した実験にはならなかったけれど。

「場所は関係ねえのな」

一時間後、ビデオを止めてコージンが結論づける。なぜだか嬉しそうな口調だ。ちなみに、走りまわってずぶ濡れになった涼がコージンよりもかなり早い段階で同じ結論に達していたことだけは、やつの名誉と知性のためにつけ加えておく。教訓その一……権力とは他者をして己の欲するところを為さしめる関係であると、認識せよ。教訓その二……認識は、権力の前ではあんまり役にたたない。

「当然じゃん」ぼくはできるだけコージンを刺激しないよう、慎重に返事をする。代わりに雨の中を走れと命じられるくらいなら、追従者になったほうがましだ。「場所は問題じゃないって。さもなきゃ、これまでにも同じことが起きてたはずだし」

「違うな」

「なんで」

「その理屈だと、おまえの幼なじみは、これまでにも何度か消えたり跳んだりしてることになるぜ」

「…………」

たしかにコージンのいうとおりだった。『跳んだ』場所に原因がないのだとしたら、悠有本人に原因があることになる。それでも問題は単にそちらへ横滑りしただけだ。つまり真の問題はこうだ……なぜ今年の夏が初めてなのか？

「あのさ、もしかしてさ」

「うわ」

　ずぶ濡れの涼が近づいてきたので、ぼくらはそろって後じさる。気まずい沈黙のあとで、ぼくはようやく思い出し、預かってた涼の傘を渡してやる。

「で、なんだって？」

「だから、もしかしてさ」涼の口調は真面目だった。今から思うと、やつだけが、もうこの頃から事態を真面目に考えていたのかもしれない。「ほんとはこれまでにも、悠有って何度か『跳んで』たんじゃないのかな。ぼくらが気づいてなかっただけでさ」

　ふたたび、気まずい沈黙。

「まさか」ぼくの反論には、まったく論理性がない。「まさかそんな」

9

——七月最後の木曜日になって、ようやく夏の天気がやってきた。

ほんとうに、あの年はおかしな年だった。四十数年ぶりの記録的な長梅雨。そのあとも超特大の台風が直撃したり、川が溢れたり、例の連続放火事件があったり、いろいろ盛り沢山だったのだけれど、ともかくぼくらはおかしな天気のなかで、まずは参考資料の整理と分析をすすめてた。

「時間がおかしくなってるんだわ」

いいだしたのは（予想どおり）饗子だ。あれはたしか悠有の実験を始める前の日の夕方で……ということは、つまり二十五日。

ぼくらは〈扉〉のいつもの席に座って、適当に相槌をうつ。外は雨。壁の大画面の中では、ヴィノクロフが大逃げをうってる。この店では、ツールはまだ十四日目に入ったところで——ぼくはもっと先の結果も知っていたけれど、悠有は「じっくり楽しみたいの」といって、半日で終わるレースを三日も四日もかけて鑑賞してた。たしかに時間は、不思議なしゃっくりを始めてた。

「時間よ」

饗子はくりかえす。

「きっとこういうことなのよ。悠有を中心にして、時空間が奇妙に捻れ出しているんだわ。今年のおかしな天候はそのせいなのよ。このあいだの競馬でも、ほら、先月の宝塚記念だったかしら？　おかしなことがあったでしょ？　連続で万馬券をあてて一億だか二億だかにした人がいたじゃない。あれもきっと時間旅行者のしわざよ。そうにきまってるわ」

「そのネタ、ホイチョイが使ってたよ。スピリッツで」

ぼくの素朴な感想は（当然ながら）御令嬢によって却下された。

「わたしの知ったことじゃないわ、そんなの。ともかくね、時間旅行者がまずおこなうのは公益賭博でひと儲け、という定式を問題にしたいのよ。涼の資料を見たでしょう？　なぜか知らないけれど、そういうことに決まってるのよ。陳腐だと思わない？　どうして賭博の結果だけは、未来から干渉を受けてもいいのかしら？　いくら購入者が匿名だといっても、文字記録の欠如が時間線の健全性を担保しているわけじゃないでしょうに！　タイムパラドックスに関するこういう無理解をこれ以上許しておくべきかしら？　どう思う、悠有？……ちょっと、悠有？　聞いてるの？」

悠有は十四日目の画面に観入ってた。

魅入られていた、というべきかもしれない。彼女の乙女心の中では、ハミルトンとヴィノクロフが偉大な英雄になりつつあるようだった。それも当然といえば当然だ……二人の選手は、たしかに驚異的な走りをみせてたんだから。

レゴでつくったのかと思うくらいに奇麗な（そして小さな）町を、長距離自転車乗りたちはあっというまに通り過ぎる。というよりも、町のほうが選手たちの左右を通り過ぎてゆく。たくさんの町に含まれる情報量を、ぼくはぼんやりと暗算してみる。ツールの選手たちは、どれくらいの時間と愛情を無視することで、勝利という栄冠を手にするのだろう？

以前に読んだ一節を、ぼくはその時、ふと想い出す。作者の名前は忘れていたけれど、たしかこんな感じだ。

——簡単な村一つ理解するにも、先ず以ってそれに参加することが必要だと、今にして僕は思い知るのである。——

降りてみなければ、止まってみなければ、理解できないことがある。理解するためには、立ち止まらなければならない。情報は必ずしも認識の味方ではない。それはひどく印象的な教訓だ。なにかとても重要なことだ。といっても、その時のぼくには、何がどう重要なのか、まだ分からなかったのだけど。

立ち止まること。

ひとつの場所に佇《たたず》むこと。

ずいぶんあとになって……その教訓の意味を理解できた頃……その一文がサン＝テグジュペリの『戦う操縦士』の中にひっそりと隠れているところを、ぼくは偶然に再発見することになる。けれど、それはまた別の話だ。

「悠有ったら！」

「明日は晴れそうだね」あいかわらず、悠有の返事は唐突だった。「ねえ饗ちゃん、そろそろあたしの人体実験、してみよっか？」

10

天気がいい朝は……とくに夏の朝は、ぼくらの街もそれなりにきれいに映る。より正確には、街を囲んでいる山脈が。

翌日は、びっくりするくらいの青空と陽射しが、ぼくらの〈プロジェクト〉を出迎えた。絶好の実験日和だ。

実験場所には、『川むこう』を東西にはしる県道を利用することにした。

理由は簡単。

ほとんど車が通らなくて目立たないことがまず一つ。田舎だから、というわけじゃなくて、ちゃんとした因縁がある。しばらく前に、高校生が五人、車で暴走して田圃に突っ込み全員死んだという事件がここでおきてた。なんの変哲もない、ただの直線道路なのに。翌年、彼らの仲間が追悼暴走式（だか何だか、詳しい呼び名は知らないけれど）

をおこない、今度は三人が死んだ。

この話はそれなりに有名で、少なくともぼくと涼は、コージンのやつに教わる前から知ってた。事故は三年連続で発生して、さすがに四年目の追悼暴走は、(そのころようやく完成した)高速道路のほうへ移ってったらしい。

そして残されたのは、静かな県道というわけ。

もっとも、この一連の事件でいちばん不思議なのは、これほどまでに怪しい道路が心霊スポットとして全国的に有名にならなかった、というところなのだけど。

で、二つ目の理由は……こっちのほうがどちらかといえば重要だった……饗子が、悠有の超能力はあの校庭じゃなくても発揮される、という『設定』にこだわったせいだ。

もしも饗子が本気で校庭を実験に使おうと決心してたら、とっくの昔に(たくさんの偽造書類が飛び交ったあとで)学校当局の許可はとれてたはずだ。

記録用の撮影機材を持ってきたのは、饗子だ。涼のハンディカムよりも遙かに立派な、毎秒百コマも高速度撮影のできる、でっかい機械。

「こんなもん、どこから?」

「信大の知り合いからよ」饗子はいう。「高価な機械なんですから、丁寧に扱ってよね。故障どころか、傷一つでもつけたら、この私が理学部の某研究室に出入り禁止になってしまうわ」

「てっきり饗子の私物かと思った」と涼。

「どうしてよ?」

「〈倶楽部〉で使ってるやつとかさ」

「まさか! これは〈プロジェクト〉よ。完全に独立しているのよ。少しでも他の実用的な設備を流用したら、それだけでルール違反だわ!」

そういわれれば、たしかにそうだ。ぼくらは納得するしかなかった。あとになって知ったのだけど、信州大学の知人というのも〈倶楽部〉とは無関係だった。饗子が女学院の文芸誌に発表した短篇小説を、彼が読んだのがきっかけで、知り合ったらしい。小説の現物は、ぼくは見てない。タイトルはたしか『アンジー・クレーマーにさよならを』とかそんな感じ。御当人曰く「親を選ぶ子供たちの冒険を描いた、ちょっと素敵な書簡体SF小説」なのだそうだ。

それは、ずいぶん前から饗子のテーマの一つだ。

あいつは、いつもこんなふうに理屈立てて説明した——遺伝子デザイン技術がどんどん実用化されて、服の着替えや整形手術のように気楽に使われていけば、それはすなわち、生まれたあとからでも自分の遺伝組成を変えられるってことだ。

行き着くところは、遺伝情報レベルで子供が親を選べる……というよりも、親から離《テイ》翔《クオフ》する時代の到来。

ちょうど、牧畜農耕という技術が、不安定な環境から人類社会を離翔させ、新しい時代をもたらしたように。

その時こそ、ようやく私たちは最古の不完全技術である『家族』から自由になるのよ、卓人。わかってるの？……云々。

もしかしたらあの理論は、悠有のために創ってたのかもしれない。両親のいない悠有のために。

ぼくは今でもはっきりと憶えてる。小二の三学期、ぼくの転校初日。クラスで休んでたのは彼女だけだった。先生は説明してくれた……今日はお葬式なのよ、彼女。ご両親が交通事故で亡くなったの。家に帰ると、ぼくの母さんは早くも御近所と仲良しになってる。そして当然の如く、葬儀の手伝いにかけずり回ってる。翌日、ぼくは神妙な顔をして〈夏への扉〉と呼ばれる不思議な場所へ連れていかれる。

母さんは、店の中から出てきた女性にお辞儀する。二人はしばらく話をしてる。ぼくはどうしていいかわからず、母さんの服の裾をぎゅっと握る。すると女性はぼくに気づいて、ちょっと悲しそうにほほえんで、いったんだ。

——はじめまして卓人くん。悠有ちゃんのこと、よろしくお願いね。

「いくわよ！　準備はよくって？」

そんなわけで、午前七時。

ぼくらはあくびをしながら三脚を立て、高価で重たいビデオカメラをおそるおそるいじり始めた。

涼が手帳片手に、巻尺で距離を測る。

悠有は体育のジャージをまとって、熱心に準備運動を続ける。

コージンはやる気があるのかないのかまったくわからない無表情のまま立っている。

山脈の頭の上に、白くて硬そうな雲が忍び足であらわれる。平野の端まで続くまっすぐな舗装道路が、ぼくを、悠有を、冗談めかした〈プロジェクト〉全体を、しかめっ面で見つめている。左右は一面が水田の緑、緑、退屈な緑。ぼくはなぜだか我慢できずに、小さな声で悪態をつく。

「聞こえたわよ、卓人！　真面目におやりなさい！」

「へいへい」

「タクト、がんばって撮影してね」悠有が手をふり、コージンがチョークでいいかげんに引いたスタートラインに、右の爪先をそろえる。「それじゃ、走りまーす！」

「よーい！　カメラ、スタート……ごー、よん、さん」

なんだか学生映画でもつくってるみたいだぞ、とぼくは遅まきながら気がついた。そして、饗子が〈プロジェクト〉に熱中してるほんとうの動機は、単に悠有のやつの姿を残したいだけなんじゃないかという嫌な考えが、頭のどこかをよぎった。

「にい、いち、ゴー!……」

＊

「夏は、どっかで寄り道してたんだね。うん」

悠有が気取った調子でいったのは、屋外実験三日目の昼のことだ。

〈夏への扉〉のツール・ド・フランスは、まだ十四日目のままだった。そしてぼくらは、県道で撮影を続けてた。より正確には、三日目にして早くも、科学的データ採取作業は楽しい遠足と見分けがつかなくなってた。

「高度に発達した初夏は、梅雨と区別がつかない」

大きく口を開けて鮭おにぎりを食べながら、悠有がつぶやく。

ぼくと悠有は隣り合わせで、アスファルトの端から青一色の田圃(それこそ気持ち悪いくらい人工的な色だ)にむかって両脚をなげだしてた。饗子たちはすこし離れたところで、大きな業務用モニタを覗き込みながら、さっきまで撮影していた画像をチェックしてる。もちろん悠有が時間と空間を超える瞬間は、未だ現代科学によっては捉えられてなかった。やれやれだ。

「なんだよ、それ」

「鮭だけど？」

「……具じゃなくて。梅雨のこと」

「あたしが考えた法則。こういうのをＳＦっていうんでしょ？」

「クラークのパクリじゃん」

「いいの。夏ってのはそういうもんなの」

「わけわかんないって」

「とにかく夏なんだってば」悠有は空を指さして、「やっとこさ、本物の夏！　どこまでも青い空、すてきな空気、ちょいと自転車でどこまでも行ってみたい、みたいな。遠くへ、遠くへ――映画のＣＭでやってたでしょ。ほら、なんだっけ。アンダルシアの茄子？」

「の夏。アンダルシアの夏」

「そうそう、それ」

悠有は頭を膝の間にうずめて、肩を細かくふるわせる。

そしてそのまま、ごろんと横に倒れて、お腹の中にやばい異星人でも巣くってしまったみたいに全身で笑い続けた。あきれて見ているこっちまで、むずがゆくなってくるくらいだった。

悠有に性格的な欠点があるとしたら――クラスの連中が何も知らずに挙げているよう

なことじゃなくて、〈夏への扉〉に集まってるぼくらでさえ「あれはちょっと……どうなんだろうね」と首を傾《かし》げるようなところという意味だ――これが、それだ。

冗談の、それもかなりどうしようもない、今どきオヤジ連中でさえも酒が入らなければ口にしないような類《たぐい》。

そういうのを前触れもなく口走っては、そのまま笑いが止まらずに転げ回る。月に一回は、そういうことがある。まわりに誰もいなければいいのだけど、一度なんか隣街へ行く時に電車の中でそれをやられて、その時はほんとに悠有だけ置いて、とっとと特急に乗り換えて東京まで逃亡しようかと思ったくらいだ。

「なあ」ぼくはいう。

「ん？　なあに？」

「どう思ってる、今回の〈プロジェクト〉」

「どうって？」

「だから、つまり」言葉を探すのに、ぼくは珍しく時間がかかってしまう。もっと早くに訊いておくべきだったこと。最初に確認しておくべきだったこと。じぶんの手順の悪さを、ぼくは呪う。これじゃまるで、この手違いだらけの街の霊《スピリット》に乗り移られたみたいだ。「つまり……やってて楽しいのかってこと。今回の、これ。おまえのこと玩具《おもちゃ》にすんのが饗子は楽しいみたいだけど。そういうのって」

ようするに、ぼくはこの時、こういいたかったんだ。

これはまったく莫迦ばかしい話だよ。テレポーテイションだかタイムトラベルだか知らないけれど、そんなのは、くだらない、どうしようもない見間違いだ。ぼくらは単に本を読む言い訳がほしいだけの閑人で、饗子にいたっては悠有の動き回る姿を夜中に独りで鑑賞したくてやってるにちがいないんだ。その勢いに涼はいつもの如く従っていて、コージンは……コージンのやつはなんで参加してるのか、ぼくにはさっぱりわからないけれど、ともかく、これくらい間の抜けた休暇は初めてだ。楽しいのならば、かまわないけれど。どうなんだろう、悠有は楽しんでるの？　そうじゃなかったら、さっさとやめてしまったほうがいいんだ。こんな莫迦ばかしいこと。

といった本来の予定内容の、一パーセントもいえてないのは自分でもわかってた。

悠有はうなずいた。彼女がわかったのかどうか、ぼくにはわからなかった。

「……うーん。あのね」ゆっくりと、答えはぼくのところにとどく。「あたし、べつに、不快じゃないよ」

「あ、そう？」

「そう。だってね、タクト、今までいろんな〈プロジェクト〉やってたけど、あたしが中心になってるのって初めてだもん」

驚きはしなかった。これは、誓ってほんとうだ。

ただ、ぼくは、しばらく返事をしなかった。

二人とも黙ったまま、山からおりてくる暖かい風だけが、心地よい音をたてた。

彼女は、大きく深呼吸。

まるで、川のむこうのぼくらの街を抱きしめるみたいに。

ぼくらの街、何もない街、悠有が生まれ育った街。

――今はじめて、悠有はその中心になっている。なろうとしてる。

これまでのぼくらの〈プロジェクト〉を……栄光ある無意味な冒険の数々を……ぼくは思い出し、じっくりと考えた。そして、きっと誰でも、いちどは皆の注目の的になりたいはずなんだという単純な真理について。

この世でいちばん印象的に目立たない女の子でさえも。

「あ、それともタクト、もしかして」また、いたずらっぽい笑み。「あたしが話題の中心ってのは、いや？　みんなにあたしを奪《と》られちゃったみたいだから？」

「なんだよそれ。誰もそんなこといってないだろ。あほか」

「ふーん。ほんとに？　ほんとにほんとに？」

「ほんとに」

「そぉかなあ」

悠有は、どうしても図星だったことにしたいらしい。いつもよりしつこく訊いてくる。頰のすぐ隣にまで、顔が近づいて、悠有の髪の先がぼくの耳にふれる。

「くすぐったいって」

「んー」

すぐに悠有は、もとの場所に座り直す。ちょっと言い方きつかったかな……と後悔する間もなく、

「あ、そうそう。先生の許可もらえたから、来週、お兄ちゃんのお見舞い行くけど」

「ああ」

「タクトも行ける？」

「行かない」

おそろしい沈黙。

とつぜん、ぼくらは空気を呼吸できない異星人になる……そして地球の夏のいちばん底で素潜り競争をしている。

悠有の顔を、ぼくは見ていない。けれど大粒の涙がどのへんまでこみあげてきているのかは、手にとるように解る。

「嘘だってば」競争に負けて、ぼくは顔をあげる。ぼくが負りることとは、どのみち最初から決まっている。「行かないはずないじゃん」

「よかった」

悠有が微笑む。それを見て、〈プロジェクト〉の中心になっているよりも今の答えを聞いた瞬間のほうが彼女は幸せなのだと、ぼくは気づく。

「ちょびっと不安だったんだ。いつかそのうち、もうお見舞いには行きたくないよ、っていわれちゃうかもって」

11

夕方、実験が終わって家に帰ると、母さんが台所で泣いてた。

その頃ぼくの家は、〈寺前商店街〉から北にちょっとだけいった裏通りの、細い川沿いにあった。天井のやたらと低い古い町家で、放置して傷むよりはましだろうと格安で借りることができた——東京から出戻ってきた身寄りのない母子家庭にとっては、たいそうな好条件だ。世話をしてくれたのは、母さんといっしょに〈ホトリ生活者ネットワーク〉で無農薬野菜の通販を手伝っている年配の女性で、

——柱とか梁とかね、傷さえつけんでくれりゃ、あとは好きにしてええからね。古くてええ木ぃ、ようけ使こうてみえるで。ほんとしたら、あたしが住むんけんど、この歳

いなると一人暮しはどうしても、辛《えら》くなるしねえ。ああ、あんたが卓人くんか、大変やけど、ちゃんとお父さんの代わりにお母さんの面倒みたらなあかんよ。ええのええの、家賃はそんなもんでええのよ。どうせ安普請《やすぶしん》やし。好きに使うてええんよ、気にせんで。家ぇいうんは、もうね、誰か人が居らっしゃってこそやから、ほんとに。

というのが、唯一の条件といえば条件だった。

ぼくは玄関をあがって、茶の間にむかう。足の下で床板が軽く軋《きし》む。襖《ふすま》のむこうは寝室、押入れ、台所、廊下の本棚に風呂場に縁側。二人分の生活が詰め込まれた、百年前の間取り。

ぼくは黙って母さんの横を通り過ぎ、PowerBook を食卓に置いてケーブルをつなぐ。母さんがエプロンで顔を拭きながらやってきて、仏壇の脇に置いてあったパステルカラーの i-Book を正面の席に置いた。明治時代につくられた頑丈な木造家屋の中心で、二つのノートパソコンの間を（どこか遠いサーバを経由しながら）電子たちがせわしなく行き来した。

〈tact:　なに？　大丈夫？〉

チャットソフトが表示を始める。いつものように、心地よい静けさをともなって。

〈sayo:　ごめん。ちょっと仕事でね、いやなことがあったの。もうだいじょうぶ〉

〈tact:　晩御飯、つくろうか〉

〈sayo:　だいじょうぶだってば〉
〈tact:　ならいいけど〉

目をあげると、二つの機械のむこう側で、母さんが真っ赤な目をして笑っている。

……べつにネット時代の家族像を気取って演じてるとか、コミュニケーション不全世代がどうしたとか、そういう類の話じゃない。

きっかけは、単に、母さんのそそっかしさと仕事の忙しさだった。

メモを貼っておいてもどこかになくすし、携帯を持たせるとバッグごと置き忘れる。そのうち生活者ネットワークのほうで帳簿をやらなきゃいけなくなって、便利な方法はないものかしらと色々試したあげくにたどり着いたのが、これだったというだけだ。

最初のうちは、マウスの持ちかたを教えても翌朝には間違えるくらいだったのが、すぐにぼくよりも詳しくなった。物忘れの激しさと好奇心は、どこかでバランスがとれているものなのかもしれない。ようするに、一定時間内に脳が溜めておける情報量の問題だ。その仮説をぼくがいうと、悠有は手を叩いて笑い転げ、母さんは本気で頰をふくらませた。

いずれにせよ母さんはパソコンを使い始め……そのあとは簡単にいえば、彼女の生活のあらゆるかけらが一つ残らずその中に吸い込まれていったわけだ。家計簿、予定表、スーパーの安売り券、書籍のネット通販、同窓会の住所録。それはまったく、眺めてるだけで感動的な情景だった。そしてぼくとの会話も、やがてはその大渦に引っぱり込まれていったんだ。

――だって卓人と話した言葉が記録に残ってるのって、嬉しいじゃない？　なによ、その顔。嬉しくないの？

その一言で、説明は終了。反論の余地もなし。ぼくにできたのは、セキュリティソフトを買ってきて、絶対に外に情報が漏れないように厳しく注意するくらいだった。

山口泉のメールマガジンを最初に見つけたのも（ちなみに彼はぼくが尊敬する数少ない存命中の小説家で、つまり先を越されたぼくはひどく悔しかったから憶えているのだけれど）、母さんだった。ちなみに山口泉についてのいい想い出というのは、あまり多くない。というよりも、彼に関する世間の無理解について、だ。中一のとき、読書感想文で彼の小説について書きますといったら、担任はひどくおかしな顔をしてぼくに訊いた。

――ずいぶんと渋い選択だな、おい。

――そうですか。そうかもしんないですね。

そう答えた時、実をいえばぼくはちょっとだけ嬉しかった。母さんと悠有のおばさんを除けば、山口泉のことをちゃんと知ってる大人に初めて会ったのだから。

でもすぐにそれは大いなる誤解だとわかった。

——うん、ほんとに渋い。昔、うちの親父が読んでたのは憶えてるけどなあ。江分利満氏とか。あれ知ってるか、トリスのおっさん。

——……なんですかそれ。

——なんですかって、山口瞳だろ。

——泉、です。山口泉。

——…………………。

そんなわけでぼくは、中一の二学期に貴重な戦訓を得たのだ。自分の趣味を他人と分かち合う時は、まずその前に、そんなことをしてもロクなことはないから考え直すべきだ、という現実を。

母さんに関しては、そんな心配は無用だった。これはかなり幸運なことだったと思う。ぼくが今読んでいる以上に、母さんは昔たくさん読んでた。そして、本を読むということがどういうことなのかを、ちゃんと理解してたんだ。

読書好きの異端者にとって、いつでも最大の難関は同居してる家族だ。身近だから、というだけじゃない。物理的な容量《スペース》の争奪戦になるからだ。本は場所をとる。これはもう、世界がひっくりかえっても変わらない真理だった。そして母さんは、一人息子が本を読みふけることについて、寛容さと愛情のこもった適度な無関心をできるだけ保とうと努力してくれた。読みなさいとも、読んではいけないとも、いわなかった。買うまでもない本については注意してくれたけれど。ぼくが〈夏への扉〉に入りびたり始めてからも、悠有のおばさんと何度か話し合いをしたようだったけど、そのことをぼくに気づかれないように気をつけてた。そしてぼくも、そんな気配りをぼくが察しているということは、母さんに気づかれないようにしてた。いつだって関係というのは相互的なものなのだ……相補的ではないにしても。

ぼくは黙ってキーボードを叩いた。

〈tact:　煙草でも吸ったら？〉

〈sayo:　ばかおっしゃい〉

それはぼくらの間でしか通用しない、親しみのこもった冗談の一つだった。ぼくを産むことになってから、彼女は禁酒と禁煙を決意した。以来十六年、それをずっと守り続けてる。ぼくの父親も同じく禁煙をしたらしい。その後、彼がどのくらいのあいだ煙草を遠ざけていたのか、ぼくは知らない。母さんも『別れてすぐ死んじゃったからね』とかいってから話題をそらし、詳しいことは教えてくれようとしない。ぼくと母さんにとって「父親」って言葉はひどく簡単な関数で表現できる。『父さん→死んだ』、『父さん→死んだ』。シンタックス・エラー、これ以上会話は進みません。別の話題を試してください。

まあ、それはそれでいいんだけど。

ようするに母さんはひどく子供なんだと思う——何事であれ、正義が行われなければ気が済まないタイプってやつだ。他人のために本気で怒り出し、本気で泣き出す。そして翌朝になると、元気に地元のＮＰＯへ働きに出るか、さもなければ引っ越しを決意する（幸いなことに、後者は辺里に来てからは発症していなかった）。そんな振り子のような感情の動きが、母さんの毎日だった。まわりにとっては慣れるまでが大変で、実際ぼくもそうだった。けれど、当人にとってそれはそれで楽しい日々なのではないかと、ぼくはひそかに思うようになってた。

〈tact:　で、どうすんの。晩御飯〉

〈sayo:　どうしよう。なんにも考えてなかったわ。今からつくってたらお腹すいちゃうわよね〉

〈tact:　待てるけど。そんなにすいてないし〉

〈sayo:　あんたのことじゃなくて、私がすいちゃうってこと〉

ぼくはため息をつく。いつもどおりに。

〈tact:　なんか買ってこようか？〉

12

『スキップ』『ターン』『リセット』あたりまでは、まだよかった。悠有の発揮した（ことになっている）能力にまるっきり無関係というわけじゃなかったからだ。スターリングの『ミラーグラスのモーツァルト』が挙がってきたあたりから、参考資料に関するぼくらの議論はどんどん脱線していった。

「ブラッドベリ。『たんぽぽのお酒』」

「いったい全体それのどこがタイムトラベルなのよ、涼？」

「いちばん最初のエピソードで主人公が夏の時間を……」

「却下！」涼以外の全員。

「じゃあ『雷の音』でいいよ。これだけは譲れないからね」

「『雷のような音』だ」コージンの警告がとぶ。

ぼくらは〈夏への扉〉のいつもの席で、すっかり戦闘態勢だった。なにしろ予算は限られていて、分析すべき資料は次から次へといくらでも見つかるのだから。というよりも、分析はいつのまにか只の言い訳になりさがってた。誰かが提案した『参考になりそうな作品』は、総当たり戦に参加させられた。提案者は推薦理由を一分間で述べ、勝敗は全員の投票で決まり、推薦してた作品が過半数をとれなかったら、その推薦者は次の投票を一回休み、そして最後にとった票数でもって、作品と推薦者のランキングを決定する……そんなふうにルールは自然と定まった。それは何か新しいゲーム、〈プロジェクト〉の中のプロジェクトだった。全員が、単にそれぞれの好みの作品をリストに含めようとしていて、その熱病は悠有にさえも感染し始めてた。

「『プロテウス・オペレーション』、ホーガン」今度はコージンの番だった。「もしくは『時間泥棒』」

「機械的時間旅行は駄目なんじゃないのかよ？　そうだよね、卓人？」

涼はぼくにすがりつく。正確には、すがるような目で見たにすぎないのだけれど、争いにまきこまれた身からすれば、あまり違いはない。

「一冊ぐらいホーガンは必要だ」とコージン。

「だったらブラッドベリなんか十冊は入れるべきだよ。すごい短篇がたくさんあるんだから。なあ卓人？」

「ホーガンのどこが悪いんだよ、おい」

「卓人？　卓人？　ぜったいブラッドベリだよね？」

ぼくは何も答えずにいる。そのうち今度は悠有と饗子が、

「ねえねえ、これってどうなのかな。『J・F・ケネディを救え』と『ダラス暗殺未遂』」

「悠有ったら。こっちのは時間旅行じゃないでしょう？」

「ケネディが死なない世界の話だから、ついでにと思って。ブックオフにあったし」

「パラレルワールドものは除外よ！」

「え、なんで？」

「私という存在は一人でじゅうぶんだわ。宇宙の都合なんかで、勝手に増やされてたまるものですか」

「そういうもんなの？」

「そういうものなのよ。とにかく、『ダラス』を出すんなら私が全力で反対討論しますからね。さ、次は誰のどれが出場？」

「きみたち、勉強したら？」カウンターのむこうから、おばさんがいう。ぼくらはそろってふりむくとにっこり微笑み、大人の世界からの警鐘を無視する。

「ヘルプリン。『ウィンターズ・テイル』」ぼくは本をテーブルに置く。「そのまんまの邦題だけど、中身は上出来」

「まあいいでしょう」と饗子。「フィニイってほどじゃないけれど。どっちかっていうとアーヴィングか、キンセラに近いのかしら。せーの……賛成！　はい、多数」

「次。佐藤史生、『金星樹』。大判のやつ」

悠有が両手で口をおさえて笑い出す。たぶん作者名がおかしかったんだろう。ぼくはかまわずスコアブックを読み上げる。

「せーの……はい、賛成多数と。次だ。クーンツの『ライトニング』」

「駄目よ。駄目に決まってるわ」

「なんで？　泣かせるし、いい話だし」

「人物紹介欄でネタバレをやらかすような本は、小説として失格よ。決まってるでしょう？」

「そんなの本の責任じゃないだろ。ていうか、作者の責任ですらないじゃん」

「連帯責任って言葉、御存知？　卓人」饗子の目線はひどく冷たい。こういう時のあいつはほんとうに容赦なしだ。「それじゃ次は私のね。大野安之、『ゆめのかよいじ』。旧版のヤングキング・コミックスで」

意外なことに、これには誰からも異論がなかった。ぼくらは何もいわずにお互いの顔を見合った。悠有よりも涼のほうが顔を赤くしてて、思わずぼくは吹き出しかけた。

「初めての全員賛成、と」

ぼくはスコアブックに書き込む。

——そしてほんの一瞬だけ、ひどく哀しい気分になる。

それは以前にも幾度か感じたことのある、例のやつだった。例えば、とても素敵な歌を耳にして、歌詞に描かれた情景がけっして現実のものではないと気づいた瞬間……その曲の中に自分はけっして入ることができないのだと悟った時と同じ、あの感触だ。

最初にそれに気づいたのは中一の夏、この店で例のシカゴの曲を聴いた時だった。Saturday in the Park。『土曜日に公園で』。悠有は隣で新しい英語の教科書に落書きをしてて、ぼくはそんな彼女にむかって不規則人称語尾の英語史的意義を講釈してた。そしてその瞬間、初めて、歌詞の意味を理解したんだ。何百遍と聞かされた音の連なりではなくて、意味のある言葉として。とても美しい情景の描写として。

そして、ぼくはひどく哀しくなったんだ。

あれを他の人も感じているのかどうか、実をいうとぼくは知らない。誰かに訊いたこともない。もしかしたら訊いておくべきだったのかもしれない。そして自分以外にも同じように哀しい人間がいるってことを、早めに知っておくべきだったのかもしれない。

たとえば入院する前の、悠有のお兄さんに。

例の火事がおきる前の、涼のやつに。

でなきゃコージンのやつに。

そうすれば、いくつかのことは……全部とはいわないけど、少しくらいは……もうちょっとましな結果になっていたかもしれない。

けれど、そうはならなかった。

ぼくは何ともしようのない哀しさと、おまけにおかしな孤独感をひと夏中ずっと抱え込むことになってたわけだ。——でもそんな自発的孤独が、ぼくはそれほど嫌いじゃなかった。


「次は短篇。ジェイムズ・ティプトリー・ジュニア、『ハドソン・ベイ毛布よ永遠に』」

「傑作だね」と涼。

「意識で時間旅行するSFって、これが最初なのかな」ぼくは涼のやつがつくってきた巨大な年表をめくる。「『ハドソン・ベイ』は七二年で……マシスンの『ある日どこかで』が七五年。あ、フィニイの『レベル3』のほうが先か」

「SFかよ。ファンタジーだろ」コージンのやつが睨む。ぼくはできるだけ無視する。

「なんかこれ見てると、どんどん機械式が減ってって、意識移動タイプが増えてく感じだな」

「そのほうが楽なんだろ。タイムマシンは、今じゃ懐かしい未来だ」

やつの一言で、話題はさらに横道に逸れた。

饗子は『懐かしい未来』という観念《コンセプト》について演説を始め、涼がブラッドベリを礼賛し、続いて『フィリップ・K・ディックにはどうして時間旅行ものが多いのか』という問題が急浮上して、ぼくは紅茶を二杯おかわりした。けっきょく、議論をまとめたのはコージンだった。

「簡単だ。似てんだよ」

「なにが」

「テーマが。タイムトラベルものと、ディック。自己言及性だ、どっちも」

それが時間旅行ものの本質だってことを、涼が論じ始めるのは、もうすこしあとのことだ。この時はまだ、涼のやつは例の理論を考えついてはいなかった。

とにかく、ここで強調しておきたいのは、べつにぼくはコージンを主犯だといいたいわけではなくて、かといって涼や饗子の責任を指摘したいのでもないってことだ。ぼくらはまだ、お遊び気分だった。事態の真剣《シリアス》さに気づいていなかった。もちろん悠有も含めて。

そしてあの日の最後に、さらなる難題を提出して議論をややこしくさせたのは、まさにその悠有だった。

「ねえねえ、『オーロラの彼方へ』って対戦表に入れちゃだめ？　映画はなし？」

13

ここ以外なら何処へでも《anywhere but here》、というのは、たしか映画のタイトルにあった。原作も同じ題名だったと思う。その言葉を、ぼくは県道の実験が始まってから幾度も思い浮かべてた。例の決定的な瞬間以降は、よけいに。

あの県道が諸悪の根源だったんじゃないかという不合理な確信は、今でも少しは残っている。ということはつまり、ぼく自身にも責任があるということだ。実験場所の選定――人通りが少なくて、まっすぐで走りやすくて、記録をとる機材を持ち込みやすくて、街の中心から近くて、等々いろいろ厳しい条件つきで――は、もともと悠有の担当だった。ということはつまり、ぼくも一緒に街のあちこちを中古のリサイクル自転車でぐるぐる見て回ったということだ。地図をひろげ、赤ペンをもって、霧雨の中を。

街はずれの廃工場がまだ残っていたのを、そのときぼくは初めて知った。そこは小学生の頃、悠有とよく遊んだ場所だった。

「昔はもっと大きかったのにね」いっしょに金網をつかんだまま、悠有がいった。

工場（というよりも、家族経営の精密部品製作所と表現したほうが正しいのだろう）は、たしかにぼくらの記憶を裏切って、まったく大きくなかった。六人乗りのバンか普通のトラックが正面から突っ込んだら、最後尾の車輪は外にはみ出るだろう。そして工場全体の保存状態はあまり悪化しないだろう。それくらい、建物はボロボロだった。ひび割れた床は半ば以上野原と化してた。屋根は骨組みだけが残り、柱は傾き、螺子《ねじ》だったはずのものが紫陽花《あじさい》の群れに鉄分を供給してた。

ＫＡＢＡサイクリングの親爺さんがこれを見たら何というだろうかと、ぼくは想像した。この町工場はかなりマニアックな自転車の部品をつくっていて（だからつぶれたんだと皆が噂していた）、今でも高値で取引されていたからだ。とくに駆動部分の評判は最高だった。ネットでは嘘のような実話と誤解だらけの伝説が日々増殖してた。曰く、汀製作所《ミギワ》のボトムブラケットがネットのオークションで五十万の値をつけた。曰く、ミギワのギアを見つけたので付け替えたら腰痛が治った。曰く、ミギワで働いていた職人は現在スカンクワークスの秘密工房で働いている。等々。

莫迦みたいな伝説が生まれるのは、それなりの下地があってのことだ。ミギワの部品はほんとうに珍しくて、なのに意外なところで見つかったりする。例えば、道端に壊れて捨てられている自転車の中に。ぼくがＫＡＢＡの親爺さんと親しくなったのも、実をいえば、それを探し当てたことがあるからだった。でもそれはまた別の話だ。

「ねえタクト」

「なに」

「もしもタクトがね、時間を跳べたらどうする？」悠有が考えていたのは、まったく別のことだった。「たとえばさ、昔のここに戻ってきて、もういっぺん遊んでみたりする？」

「戻るのは嫌だね」

「なんで？」

「ここで昔の自分に会ったら、ぜったい殴っちまうから」

「そうなの？」

「生意気な餓鬼は殴って躾《しつ》けるのが、うちの家訓」

「嘘！」

「ほんと」

「嘘だあ！」悠有は笑う。嘘がバレても降参しようとしないぼくを、彼女は横から覗き込む。「タクトのお母さん、ぜったいそんなことしなかったよ。泥んこ遊びしてた時だって、お兄ちゃんとタクトが……」

そこで言葉が途切れる。

ぼくは黙っている。鉱一さんの話題になると、こういう沈黙がやってくる。めったにあるわけじゃない。彼のことを口にする時は、悠有はいつもできるだけ覚悟を決めてからにしている。自分の言葉に、自分で狼狽《うろた》えないために。できるだけ冗談めかして。昔の、まだ普通だったころの彼には言及しないようにして。ふだんからそうやって気をつけているはずの穽《あな》が、ぼくらの後ろにぽっかりと空いている。その事実をぼくは今さらのように感じる。

「どうせ跳ぶなら」ぼくはいう。ここ以外の何処かへ《anywhere but here》、という一節が、ふと浮かんで消える。「思いっきり過去がいいね。古墳時代とか。白亜紀とか」

「ふーん」

「悠有はどのへんがいいんだよ」

「うーん」

悠有は真剣に考える。遠くのほうから、市役所の広報カーの耳障りな声が聞こえてくる。市町村合併に関する住民投票は間もなくです、みなさんの一票が明日の辺里を決めるのです……ぼくはどういうわけか、急に笑い出しそうになる。

「ここ以外の何処かに」悠有がつぶやく。

「え？」

「ここ以外のね。何処かに、あんまり行ってみたいって思ったこと、なかった」

「正反対だね」ぼくは平静を装う。たぶん悠有は気づいてなかったと思う。『思ったこと、なかった』。じゃあ、今は？「この街じゃなけりゃ、どこでもいいや」

「うそだぁ」

「ほんとだって」

「じゃあどうして、タクト、東京の高校受けなかったの。ぜんぜん大丈夫って、森塚《モーリ》先生《ス》も保証してたのに」

「決まってんじゃん」

「なんで」

「悠有の受験勉強の手伝いしてたら、願書出し忘れた」

「…………！」息をのむ音。そしてすぐに、悠有のスニーカーの爪先が、ぼくの自転車を軽く蹴る。幾つもの車体から剝ぎ取られて再生された小さな部品たちが、仲良くそろって振動する。「一瞬、本気にしちゃったじゃないのさ。もう」

そろそろ行こうか、とぼくはつぶやき、雨上がりの夏の中を、ぼくらはフランケンシュタイン自転車にまたがって駅のほうへ戻ってゆく。


駅前ロータリーのところまで来た時、一台のママチャリがキイキイと酷い悲鳴をあげながら通り過ぎた。

買い物帰りの、太ったおばちゃんが漕いでるやつだ。ぼくは一瞬で気分が悪くなった。

ママチャリのチェーンは錆だらけだった。

ブレーキワイヤは緩みまくり、ライトは向きが曲がっていて、タイヤの気圧は三割ほど不足してた。それはまったく、蛮行といってもよかった。なにが酷いって、手入れをしていない機構《メカニズム》ほど酷いものはない。

おまけにそいつは、サドルの位置が低すぎた。どうして世の中のおばちゃんどもは、どいつもこいつも、あんなにサドルを下げすぎるんだろう。あれでは無駄に力を込めて漕がなくちゃいけなくて、しかも悪いのは持ち主ではなく自転車だってことにされてしまう。

数千キロジュールの仕事量がペダルとチェーンの間からボタボタと地面に垂れてゆくのが、ぼくにはほとんど目に見えるくらいだった。そしてそれと一緒に、人力駆動二輪走行という美しい系《システム》の評判も堕ちてゆく。

「タクトってさ」

「なんだよ」

「ほんとはとっても優しくって、他人思いなんだよね」

「わけわかんないな」ぼくは応えた。「なんだよそれ。そんなことないよ。どういう論理なんだよ」

「だって、自転車をちゃんと乗ってない人、見るたんびに、すっごく辛そうな顔するもん。怒ってるんじゃなくて、哀しそうな顔。さっき工場にいた時とおんなじ顔」

「べつに。無駄が嫌なだけだってば」

「そうなの?」

「そう」

「ふーん」じっくり考えるとき、悠有はいつも鼻を鳴らして腕を組む。この時もそのポーズだった。「でもやっぱり、あたし、タクトはみんなのことが……この街のことが……

…とっても好きなんだと思うよ」

……でも、それを口にした時の悠有のほうこそ、目の前によこたわる小さな街を、ほんとに愛おしそうに見つめてたんだ。


「自転車の話じゃなかったのかよ」

「それも含めてってこと」

「消耗品だよ、自転車なんて」

「でも好きなんでしょ？　どうして買わないの？」

「部品はＫＡＢＡで貰えるし、中古のやつ。そこらじゅうに捨ててあるのを適当に直したり使えるところもってくれれば、わざわざ新品買うことない」

「ふーん」悠有はじっとこっちを見ている。「今のは、ちょっとほんとっぽいな」

「効率の問題だよ。単に」

「ほんと？」

「ほんと」

14

「……自転車がいちばん効率的な移動システムだなんて、どこの誰がいったの？」

実験の十日目、饗子の叫び声が濃い青空の下に響き渡る。

「S・S・ウィルソン。サイエンティフィック・アメリカン、七三年三月号」ぼくは答えて、彼女の怒りにさらなる燃料を補給する。「日本語版では五月号だけど」

「だから何よ。だいたい、そんな昔の豪華客船みたいな変てこな名前をした人間のいうことなんか、信用できるもんですか」

「なんだそれ。わけわかんねえ。ていうか、訊いたのはそっちじゃん」

「ふん！」

——それが例の日、決定的な日だった。

八月四日。月曜日。

より正確には、決定的な夕暮れだ。

午後いっぱいかけて、ぼくらは悠有を撮影してた。

風は南からやってくる。夕焼けは湿気で存分にふくらんだ茜色でもって、ぼくら五人を（それからカメラと自転車と田圃とアスファルトと、その他ぼくらの街に属するあらゆるものを）染める。

すでにぼくらは、思いつく限りのあらゆる組み合わせで悠有を記録してた。走る方向を変え、歩幅を変え、手の振り方を変え、立ち止まらせ、ゆっくりと歩かせ、撮影する角度を変え、時間帯を変え、とうとう服装まで変えてみた。ぼくらの大切な実験対象は、巨大なn次元順列空間《マトリクス》の中を泳ぎ回る微細な点と化していった。

画像記録は洒落にならないくらいの量になったけど、ぼくは幸運にも記録管理担当という拷問から免れた——何でもかんでも整理し、分類し、一覧表にしたがる涼の性格を、この時ほどありがたく思ったことはない。

その日、饗子は移動撮影を試そうとして、振動を吸収する装置一式《ステディカム》を（たぶん信大の別の研究室から）借り出して来てた。撮影者の胴体とカメラを連結させる、やたらとかさばる黒い塊だ。シオマネキにでもなったような感じだった。結論からいうと、装置《それ》は上手いやり口じゃなかったんだけど。

初めはコージンが自転車を漕ぎ、荷台でぼくがそのステディカムを担いだ。けれどバランスが悪くて、まっすぐ走らない。コージンが荷台に座ると、今度はぼくの力では漕げなくなる。涼と交替しても駄目。

たぶん荷車でも付けられればよかったんだろう。あるいは、コージンが実家のスーパーから軽トラでも借りてくるか。けれど、その日は時間がなかった。明日には装置を返さなくてはいけないのよ、と饗子は唸り、ぼくら三人は顔を見合わせて、昨日のうちに連絡しといてくれよ、と目線で抗議した。悠有はといえば、二日前に考案したという『時間跳躍体操』に熱中していた――傍目《はため》には、ラジオ体操第二とあまり区別がつかないのが唯一の難点だ。

で、けっきょくどうなったかというと、(クラウジウスの第二法則が暗示するとおり)最も原始的な手法をぼくらは採用した……ようするに、ぼくとコージンと涼が三交替でステディカムを担いだり相手の腰を後ろから支えたりしながら、悠有と並行して走ったわけだ。

片目をファインダーに埋めたまま横走りをするのがどれくらい大変なことなのか、これればかりはやってみなくてはわからない。ぼく自身、やるまでわからなかったんだから。ただし、これは自分自身の名誉のために言っておくと、気分が悪くなったのはコージンのほうが先だったし、最初に泣き言をいって饗子に両頬をひっぱられたのは涼のやつだった。

そうして、暑苦しい太陽がぎりぎりと熱気を吐きながら中天を越えた頃には、ぼくらのTシャツは汗ですっかり斑《まだら》模様になってたんだ。

「休憩に一票」と、ぼく。

「賛成だな」

「賛成！　卓人に賛成！」

男性陣の発議は、饗子の「冗談は午後六時以降にしてちょうだい」の一言で議事録から削除されてしまった。もしも悠有が、

「うーん、饗ちゃん、あたしもちょっと休みたいんだけど」

と口にしなかったら、ぼくらの頭数は、例の事件がおきるよりもかなり以前に減っていただろう。

争議の結果、ぼくらは一時間毎に十分の休憩を勝ち取り……五度目の休み時間には、これ以上ないくらい赤い夕陽が、約八光分《ライト・ミニッツ》の彼方から、ぼくらをニヤニヤと見下ろしてた。

アスファルトと田圃の境目に置いてあったアイスボックスの脇に、ぼくはへたり込み、ポカリスエットを引っぱり出して額に当てたまましばらく動かなかった。

気がつくと、饗子のやつはまだモニタをじっと見つめている。

なるほどこいつは自己言及性だ、とぼくは苦笑した。高速撮影の結果をいちいちチェックするのは当初ぼくらの考えていたよりも疲れる仕事で……それを担当したがる男子高校生はいなかった。で、当然ながらそれは饗子の分担になる。けれど、そもそも当の饗子が、ぼくらをこの汗だくの〈プロジェクト〉に引きずり込んだんだ——まさしくウ

ロボロスの如くに。

ぼくは、ふと思った。あの古き邪竜は手違いで自分の尻尾をくわえこんで身動きがとれなくなってるのか、それとも円環と化すことが最初からの目的だったのか？　そしてなにより、朔太郎の蛸は偉大な先達たる邪竜氏のことを知っていたんだろうか？

饗子の隣では、涼のやつが例のシステム手帳に書き込みをしているのも見えた（泣きついて途中から休みを多くもらっていたおかげで、やつの回復はぼくらよりも早かった）。とことん真面目なやつだ。

あの手帳には、ぼくらが参考資料から絞り出した時間旅行譚に関する問題点や疑問点がびっしりと書き込まれているはずだった。

——たとえばタイムトラベラーが地球の自転と公転にぴったり同期できるのは、いかなる摩訶不思議な機構によってなのか。

なぜ過去は複数あってくれないのか（そのほうがパラドックス発生という「万一の事態」には安定するはずなのに！）。

未来旅行譚は、なぜ以前ほどには書かれなくなったのか……饗子の指摘するように、ぼくらは「未来」という観念を使い果たしてしまったのか？

過去へ旅行する際に持っていくべきアイテムで最も効率的なのは、古い硬貨なのかスポーツ年鑑なのか。

意識だけが時間を跳躍するとしても、けっきょくは脳内の微粒子の状態が変わっているのだから何らかのパラドックスは避けられないのではないか。

　合衆国生まれの時間旅行者にとってのケネディ暗殺は、日本の時間旅行者にとっての二・二六事件とやはり同じ意義をもつのか。

　なぜハーレクイン・ロマンスで時間旅行譚が流行するのか。等々。

　やつの手帳の中身こそが、この時点での〈プロジェクト〉の成果のすべてだった。現象を待ち焦がれている仮説。ベケットの劇よりも勝ち目のない筋立てだ。そしてぼくらは、（あらゆる高校生の常として）待つことに慣れてなかった。

　風が鼻先をかすめる。シャツが勝手に乾いていくのが感じられる。目の前には、茜色の空だけ。さて……ぼくはぼんやり考える……ぼくの汗は、この広大な大気の収支決算書の貸し方において、どの項目に分類されているんだろう。バタフライ効果は、どこにでもある。ブラジルの蝶の動きは、二十四時間後には北京の雨になるかもしれない。微細な初期値はすべての予定表をひっくり返す。

　いくつかの条件さえ揃えば。一人の（あまり体力に自信のない）高校生が、ここにこうしてぶっ倒れているおかげで、いつかどこかで貧しい村を救う慈雨がもたらされるかもしれない。不確定な未来の救い主に、ぼくはなりおおせている。さて、ここで問題です。神さま、もしもその雨が降らなかったとしたら、この哀れな高校生くんの存在価値は何処《いずこ》にありましょうや。……

コージンが頭をふりながら近づいてきた。日焼けもひどいけど、顔色もひどい。

大丈夫かよ、とぼくは（ひっくり返ったまま）声をかけた。心配してというよりも、やつの吐瀉物を頭からかぶるのが嫌だったからだ。

「ああ。休めばな」

「ていうか、もう撤収だろ」ぼくは寝転がったままアイスボックスを開けて、隙間から手を突っ込む。おみくじ代わりに出てきたのは、アクエリアスのペットボトル。「もうじき六時だし。飲む？」

「いらね」

「でも、顔色」

「いらねっての」

「……あ、そう」

やっぱり、こいつのことはよくわからない。

ぼくの手の中で、二本目のボトルが行き先を失う。それを飲むことになるのは悠有で……だからぼくは、あとになって幾度も考えることになるのだ……あの時コージンが人の親切を無にせずにボトルを受け取っていたら、ぼくらの運命はどれほど違ってしまったのだろうか、と。

ぼくらの位置関係――これは肝心なことだから、いくら強調してもやりすぎということはないだろう――を、はっきりとぼくは憶えてる。

悠有はいつのまにか、饗子と一緒になって、タンゴのできそこないのような変てこな踊りを踊ってた。

涼はカメラを担いで、二人の莫迦ばかしい遊びを記録中。

ぼくらから悠有たちまで、およそ七、八メートル。仰向けになったぼくの視界の上端で、悠有は踊り続ける。饗子のリードする手から放たれて、彼女はくるくると回りながらこっちへ近づく。涼がファインダーから顔をあげる。逆さまの饗子が、ひどく哀しそうな顔をしてることに、ぼくは気づく。

「あ、タクトずるい！」悠有が回転をやめて、楽しそうに大声をあげた。「先に飲んでる！　タクトってばあ！」

「じゃあ早く来いって」

ぼくと悠有のあいだは四メートル。そしてコージンのやつが、彼女に席を譲るように立ち上がる。

「だってタクト、そんなことといったってさ――」

しょうがねえなあ、もう……とつぶやきながら、ぼくは体を起こし、ボトルを突き出した。

悠有は、いなかった。

15

だから、いなかったんだ。悠有は。

赤と金色の夕焼け空、どこまでも続く人工的な田圃、それから四人のぼくら。四人だけの。

肘と手首が、ぼくの意志とは関係なく、勝手に震えてた。たっぷり三十秒は経ったような気がした。でもほんとうは、ほんの三秒くらいだった。これは間違いない。あとで記録を確認したのだから。

ぼくは立ち上がった。立ちくらみがした。ゆっくりと前に進む。摺り足で、目に見えない壁にぶつからないように。けれど、どこにも壁はなかった。壁も、次元の裂け目も、ラベンダーの香りも、惑星連邦の転送機に特有の透過光も、悠有を包んで隠している邪悪で侵略好きな異星人のシールドも、何一つなかった。ペットボトルの冷たさはどこかへ飛び去ってた。ドゥークー伯爵のライトセイバーのように、ぼくはボトルを構えたままで……その先にはコージンが立ってた。

突然、やつは後ろへ一歩下がった。

ボトルの底から不可視の光線が発せられ、強く胸を押されたかのように。

ぼくとコージンのちょうど真ん中に、悠有があらわれた。ペットボトルのすぐ手前、十センチもないくらいのところに。

「――ってさ、しょうがないっしょ。あ、ありがと」

彼女は冷えたアクエリアスをぼくの手から取った。蓋をひねり、唇に押しつけてから、

「あれ？」

ようやく悠有は、何がおきたのか……何かがおきたことに……気がついたようだった。

ぼくは何もいわなかった。いう必要もなかった。涼が代わりにぜんぶ叫びまくってくれたからだ。やつはまるで出来の悪い香港映画の役者みたいに、甲高い大声になってた。

「見たよね、今の？　今の！　なあ！　なあったら、ねえ！」

涼のやつは動こうとしなかった。いつものように、悠有へ近づくための最短経路を探してるのか、それとも単に驚きのあまり動けないのか。どっちでも大した違いはなかった。

「……悠有！」

饗子は、一回だけ叫んだ。さすがは〈お山の上〉のお嬢さまだ。ぼくは快哉《かいさい》を叫びたかった。コージンのやつは無言だった。けれど、その表情ときたら！　ぼくは快哉を叫びたかった。べつに、ぼくがやつに勝利したわけでも何でもないし、本気で喜んでみせたら間違いなく殴り倒されていただろうけれど。それでも、あの仰天した顔を見たというだけでも、なんだかその後一週間くらいはひどく幸せな気分だったのを憶えている。

「え？」悠有が間の抜けた声をだした。

「見たよね⁉　見たっていってよ、誰か！」涼だけが騒ぎ続けた。

そしてぼくは——ここで嘘をついても始まらない——ぼくが最初に考えたのは、もしもたった今コージンが一歩後ろに下がらなかったら、いったいぼくらは、このしみったれた舗装道路と田圃と田舎町は、そしてぼくらの青い惑星は、どんな壮大な轟音と共に吹き飛んでいただろうかということだった。

パウリの排他律、という魔法の呪文が耳の奥でくりかえし鳴り響いた。二つの異なる粒子が同一の時空間を占めることはできない。けれど、もしも無理矢理にやってしまったら？

時間旅行者が解決するべき最初の問題は、いったい何だろう？　たとえ地球の自転や公転とうまく同調して、異なる時代の地面に見事軟着陸できたとしても、その先は？　目的地を満たしている空気の分子を、誰が押し除けておいてくれるというんだろう？

誰も。

誰も、そんなことはしてくれない。時間旅行者は、ぜんぶ自分でなんとかしなくちゃいけない。

彼の（または彼女の）肉体のほんの一部分と空中の小さな塵がぴったり重なり合ってしまったら――いったい何がおきるんだろうか？　宇宙のあちこちで時おり激しく輝く新星たちは、いったい誰のどんな手違いで爆発を始めたんだろう？　あまりの莫迦ばかしいイメージに、ぼくは笑い出したいくらいだった。超新星どころじゃない。この宇宙が始まるきっかけになった最初の量子ゆらぎだって、誰かの「……しまった！」が原因じゃないとは断言できないじゃないか。

ああ神さま仏さま、アーキテクトさま！　全宇宙の秘密を解明してしまったぼくは、善良な一市民として何をすべきなんでしょう？　あの夕焼けは、どうしてあんなに皮肉っぽく、ぼくらのことを見つめているんでしょうか？

ぼくのくだらない妄想が一段落した頃、すでに議論は……というよりもコーカスレース気味の騒ぎは……始まってた。といっても、喋っていたのは主に涼と饗子で、おまけにまったく嚙み合っていなかったのだけれど。

「撮ったの？　撮っていたの、涼？　撮っていたわよね⁉」

「だ、だってそんな、急に」

「撮ってなかったのね！」

「止めていいっていったじゃないか！」

「なんてことなの！」饗子の髪が、ぶんぶんと振り回される。「なんてこと、なんてこと！」

涼は、ぼくとコージンを交互に見つめる。助けを求める仔犬の目。ちなみにぼくはどちらかというと猫派だ。

「だって見ただろ？　みんな見ただろ？　なあ卓人！　コージン！……饗子ってば！」

「見たわよ」

「そ、それなら」

「よくないわよ。記録無し、ですって⁉　いいから少し黙っててちょうだい。べつにあんたのこと取って食いやしないわよ」

「だって、でも、だって……ああそうだ、どうしよう」涼の頬が、夕焼けを押し返して青ざめる。

「落ち着きなさいったら、みっともない！」

そういってる饗子も、顔色はけっしてよくない。けれどぼくは、このときばかりは涼のほうに同情した。なにしろ、やつの目の前で物理法則が突然に放送停止処分をくらったのだから。

心配することないぜ、涼……と、ぼくは声をかけてやりたくなった。世界中の学者先生たちはきっと今のおまえと同じくらいに動転するだろうけど、意見の一致を見るのは五十年後とか百年後だ。おまえが大学受験する時までには、物理の参考書は書き換えられたりしないって。それにおまえ、宇宙論はただの趣味で、志望は医学部だろ？

「——もしかしたら、撮れているかも」

「え？」饗子がなにをいっているのか、ぼくはわからなかった。

コージンが黙って、斜め上を指さす。ぼくはあわてて夕焼けのただ中を探す。数えきれないくらいの赤と薄紫と桃色の光が邪魔をする。けれど、それはそこにあった。

ぼくらの頭上三十メートルほどのところにうかぶ、左右の脇にプロペラを付けた小さな風船。底に光るのはカメラのレンズ。広角レンズであることを、ぼくはどういうわけか直感した。

「なによ」饗子の口ぶりは、まるでぼくのほうが何かの秘密協定の違反者のようだ。

「私だって〈倶楽部〉のメンバーなのよ。自分のことを記録していて何か不都合でもあるっていうの？　とうぜん予想されて然るべきことでしょう？」

「じゃあ、じゃあ記録されてるんだ！」

「お黙り、涼」

「なんてこったい」とコージン。これは正直に認めるけれど、ぼくは驚いた。やつがそんなふうにため息をつくのは、初めて見たからだ。

「なにが？」

「来週からバイトの予定、はいってたんだよ。予定変更だ」

「……？」

「今月は忙しくなるってこと」やつの視線を追うと、饗子は携帯電話を取り出して、ものすごい勢いでボタンを押している。「〈プロジェクト〉は第二段階に突入だ」

「――なるほど」

納得と同時に、ぼくは微かな反感を覚える。コージンの頭の回転の速さに。この夏の日に。一億五千万キロメートル彼方の夕陽に。それから、やつの目線がぼくよりも常に十センチは優に高いという事実に。


「あのお」

全員が一斉にふりむいた。

それまで黙っていた悠有が、爪先で『の』の字を書きながら、

「あのですねえ、ちょっといいかなあ、みんな」

「どうしたの？」饗子は、ぼくの華奢な幼なじみの肩をつかむ。そのまま悠有を引きずって〈お山〉に登っていったとしても、ぼくは驚かなかったろう。というくらいの勢い

だった。さっきまでの『落ち着きなさい』はどこへいったんだよ、とぼくは思った。

「何よ、何？　何か解ったの、悠有？　何か感じたの？　何か見え――」

「そうじゃなくってね。えーと」

悠有はひどく恥ずかしそうだった。

「明日は、お兄ちゃんのお見舞い行ける日なんで、実験お休みにしたいんだけど……だめ？」

Interlude ... 無数の運河、無数の夏

古代の辺里盆地

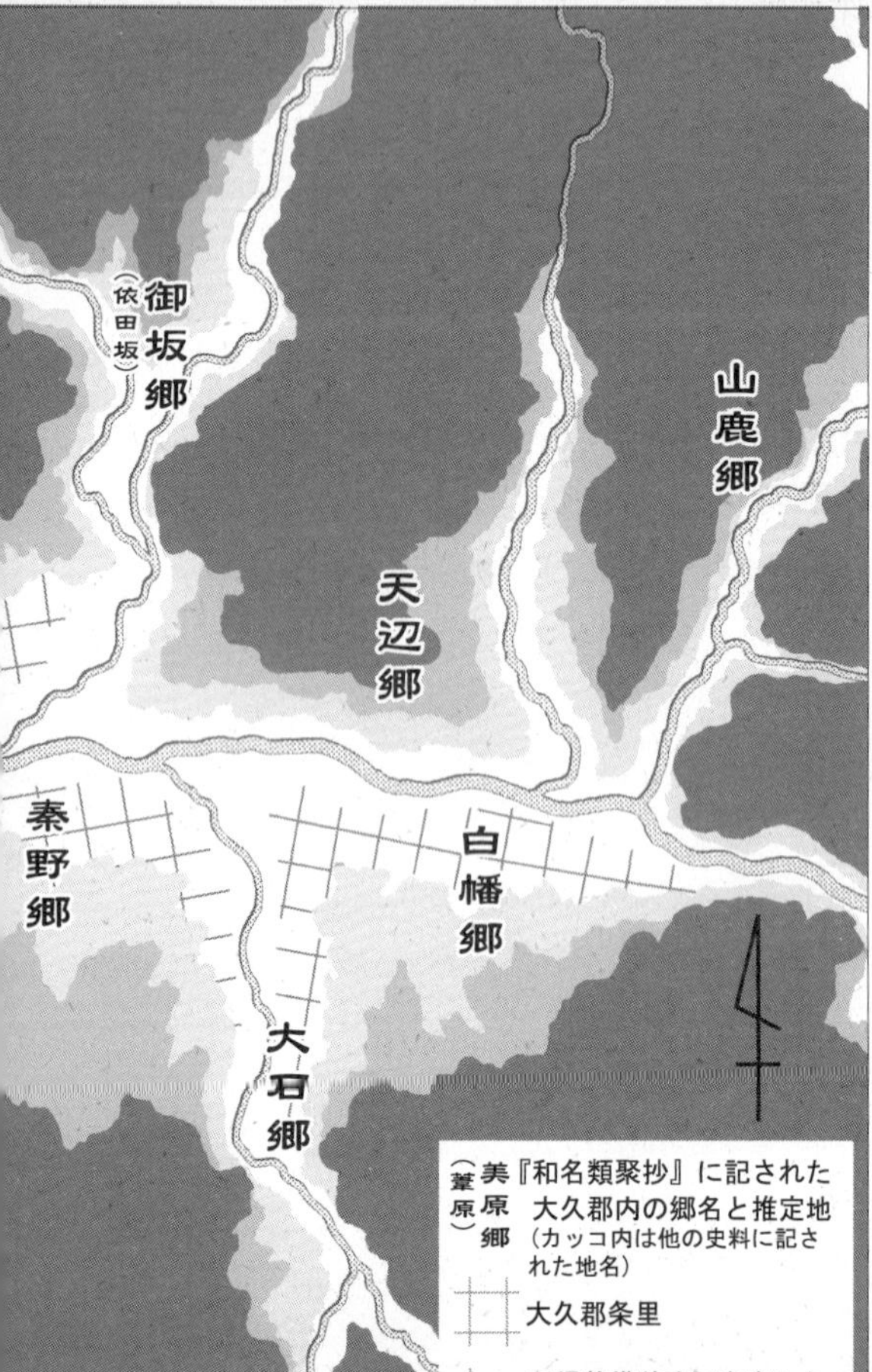

（中略）…によると、大久郡は十五郷より成ると記載されているが、『和名類聚抄』には十四郷が記されている。一説によると、葦原郷が統合されたため『和名類聚抄』に記されなかった可能性もある。余談だが、「美原」の名は県立美原高校に残り、「葦原」の名は市内の葦原町に残されている。

（『辺里市の原始・古代』『辺里市史』第１巻より転載）

病院は隣の街、つまり電車で二駅ぶんだけ東京に近づいたところにある。

東に進むにつれて、窓の外では水路地がなくなり、川は細くなり、そっくりな外見をしたパステルカラーの分譲住宅が増え、人工的な田圃はさらに人工的な鋪装道路へと姿を変えていった。どこもかしこも隙間なく、人間のためだけの世界。それはまったく、誰かの悪意がたっぷりこもった早回し映像のようだ。あるいは逆回転映像かもしれない。なぜといって、今では白幡《しろはた》市のほうが辺里よりも大きく、雇用も多く、しかし昔はぼくらの街のほうが繁栄していたのだから。大人たちの話を信じるならば、だけれど。

ぼくは座席から、盆地の北半分を眺める。それから一瞬だけ、自分が上空から見下ろしているところを想像する。

小学校四年の社会科、『ぼくたちの町を学ぼう』でつくった地図だ。善福寺川流域を、その歴史を、中途半端に減速しつつある近代化の過程を、ぼくは思い浮かべる。それは微妙な損得勘定だ。昔々、新しいものは、いつも北の河口からこの土地へのぼってきた。今や、あらゆる変化は東から来る。山のむこうに、巨大な名状しがたき邪神が巣くっていて、呪うべき力線をじわじわとこちらへむかって発しているかのように。力線に屈して体が融けていくのと、このまま田圃の青い色に囚われてしまうのとではどちらが幸福なのだろうか？　饗子のやつだったら、そんな妄想をもとにホラー短篇の一本も書き上げるだろうと思って、ぼくは笑い出しそうになる。

ぼくの目の前で、悠有はお手製のサンドイッチ入りバスケットを膝に載せたまま、黙って目をつむってる。でも眠ってるわけじゃない。悠有の癖なんだ。祈りを捧げる年若い聖女の肖像を、ぼくはふと連想する。時間の守護聖女。三秒間の乙女。昨日の出来事を……あの決定的な出来事をまるで気に病んでいないような、その穏やかな瞼。

「来月だっけ」ぼくはいう。

「なにが？」

「合併の投票」

「あ、そっか。もう八月だ」

悠有は大げさに瞬きをする。

その様子が、彼女のおばさんと実によく似ていることに、ぼくはあらためて気づかされる。きっとあの子供っぽい顔のせいだ。干支《えと》でふたまわり近く違うはずなのに、おばさんはどうみても二十代前半にしか見えない。

「あたしたちも、投票できればいいのにね」

「コージンに頼めば？　あいつ、できるだろ。二つ上だから」

未成年投票は、市議会の泥仕合の結果で決められたことだった。

今年中に十八歳かそれ以上になるやつは、住民投票に参加できる。『若者たちこそは、この地域をやがて担う将来の市民……まさに未来からやってきて現在の私たちに託されている、立派な市民なのですから』という理屈。もちろん、投票の結果はあくまでも参考意見でしかなくって、本当に決めるのは議員さんたち、というオチがつくのだけれど。

まったく、たいした時間旅行者厚遇策だ。

「そうなの？　二歳も？」

「そうだよ。車の免許も持ってるし。聞いたことないのかよ、コージンの噂《あいつ》」

「あるけど。噂だもん」

「まあね」実際には、やつは小六にして教師三人を病院送りにしたわけでもなければ、中一の夏休みに女子高生を妊娠させたわけでもなかった。「小さい頃に体が弱くて学校来れなかった、てのが真相なんだとさ」

「ふーん」小さな頷き。「みんな、それぞれに大変なんだねえ」

ぼくも頷き、噂を鵜呑みにしない悠有の性格について、しばし考察する。しばらくしてから、悠有がいった。

「あたし、そのほうがいいな」

「なにが？　なんで？」

「だ・か・ら、合併のこと。だって合併したら、お兄ちゃんといっしょの街に住んでることになるでしょ？」

ぼくは肩をすくめただけで何も答えない。たとえ合併が決まったとしても、実際に一つになるのは二年後のことで、その時に鉱一さんがまだ入院しているかどうかは分からない。でも、それをわざわざ指摘するつもりはなかった。ザ《S》ールヴィッツ＝ゼ《Z》リコフ症候《S》群に関して、あの病院よりも経験を積んでいる施設はない。それに、心身の健康を回復して退院する以外にも、彼女の兄が病院を去る経路《ルート》はもう一つあったからだ。

隣街の駅前商店街（といっても半分くらいがパチンコ屋とレンタルビデオと駐車場なのだけど）は、七夕祭りのバーゲンセールをやってた。先週の土曜から十日まで、あしかけ九日間。大盤振る舞いだ。もしかしたら辺里と競争してるのかもしれない――ぼくらの街でも〈リバー・フェスティバル〉を同じくらいの期間、八日からお盆明けの十七日まで開催することになってるからだ。

突然、ぼくら二人は越境者、望まれざる歩行者と化してた。まわりの通行人の目つきが厳しくなった。ぼくらの背中には、『隣街の住人！』という徴がダビデの星よりもくっきりと浮かびあがってた。ぼくの歩幅はほんの少しだけ大きくなり、一歩進むたびに、隣にいたはずの悠有がだんだんとぼくの斜め後ろへ遅れ出してた。もしも一斉に飛びかかってきたら、ぼくは彼女を置き去りにして逃げ出すのか、それとも全力で戦って英雄的に死んでしまうのか。どちらもありそうな結末に思われた。……もちろんそんなことはすべて妄想で、このあいだフィニイの『盗まれた街』を読み直したせいにちがいなかったのだけれど。

白幡駅から冷房の効き過ぎたバスで十四分半、高速の入り口までの中間点。十年前にぼくらの街が誘致合戦に負けた結果は、そこにどっしりと鎮座している。バスを降りると、悠有はちょっとだけ首を傾げて、パステルカラーの建物を見上げた。

「半分くらい、あたしたち通ってるんだね」

「半分？」

「この建物の人生の半分くらい。建物だから建生《けんせい》かな？」

「築年数」

「あ、そっか」

悠有のいってることは、少なくとも年数に関しては正しかった。鉱一さんが発症したのはたしかに五年前のことで……それからいったい何回ここへ通っただろう？　そういえば饗子たちと最初に逢ったのも、この建物の中庭だった。アルツハイマー病患者のターミナル・ケアでは全国ベスト5に入るというので、患者はあちこちから集まってくる。いわゆる拠点病院というやつだ。そして饗子はここで母方の祖母と、涼のやつは血のつながっているほうの母親と、最期のお別れをしてた。運命というものについて、ぼくはふと考えた。それから、『死』を一つの場所に集めて処理するようになってしまった、ぼくらの文明のおかしな癖について。

「どうしたの、タクト？」

「腹へった」ぼくは嘘をついた。

「食べる？　サンドイッチ」

「お見舞いだろ」

「それとは別だよ」籠の隅にあるもう一つの包みを覗かせる。「お兄ちゃんのお見舞い用はこっち。買っといてくれたんだよ、饗ちゃんが。八〇〇トリプルでね」

悠有は包みの横に挿してあった小さな通帳を取り出した。

おもちゃのような薄緑色の手帳。

といっても、それはれっきとしたお金なのだ——辺里の商店街でしか使えないけれど。

お題目は素敵だった……商店街を活性化し、ふれあいと笑顔と郷土愛を取り戻すための地域通貨。アーケード街の屋根の新築や善福寺川の護岸工事や〈リバフェス〉と同様に、例の新市長とその支持者の皆さんが始めた、新しい試みの一つだ。

通帳の一ページ目には、大きく『0トリブル』と記されていて、そこからすべての『取り引き』が始まる——もっとも公式には『トリブリング』と呼ぶことになっていたのだけれど。

支払った分は自分の通帳にマイナスを書き込み、受け取った分はプラスで記録する。感覚としては、一トリブルがイコール一円くらい。わかりやすさが優先だ。加盟している店でなら普通に買い物もできるし、ピアノのレッスン代として受け取ってもいいし、迷子の猫を見つけてくれたお礼に支払ってもいいし、その他どういう行為の決済に使ってもいい。売り買いしたいモノやサービスは市のホームページにある掲示板へ自由に書き込めるけど、べつに書き込まなくてもかまわない。

極端な話、街で出会った赤の他人と、

——やあ、今日は良い天気ですなあ。ひとつ記念に、一〇〇トリブルほどお互いに交換しませんかな？

そんなことをしても全然問題はない。というより、そんなふうに、通帳をきっかけにして街の住人がちょっとずつ親しくなるのを、主催者側は固唾《かたず》をのんで期待していたんだと思う。そして実際、幾人かの熱心な参加者は本当にそんな『挨拶トリブリング』を実践している気配が濃厚だった。

なぜ分かるかって？……簡単な話だ。通帳には、誰と何を取引したのか書き込む項目もあって、ぼくは母さんの通帳を見たことがあるからだ。まあ、『上天気の日には見知らぬ他人と仲良くせねばならない』なんていう市条例を成立させるよりはよっぽど健全だったろうけど。日本円と交換してはいけないというのが唯一の禁止項目で、それぐらいの「ゆるさ《リダンダンシー》」をもってるこのシステムを、実をいえばぼくは嫌いじゃなかった。油も注《さ》してないママチャリ軍団の爆走に較べれば、よっぽど上等だ。かといって、積極的に参加するつもりもなかったけど。

それにしても、もうすこしマシな名称はなかったんだろうか？　あるいは、これを考えついた〈寺前商店街〉役員の中にスタートレックのマニアでもいて、ひそかな皮肉をこめて命名したのか。

なぜって、紙幣式じゃなくて通帳記入式のトリブルは、いつまでたっても絶対に無限増加したりしない、たいそう行儀のよい地域通貨《システム》だったんだから。売り手のプラスは買い手のマイナス。誰がどれだけ買い物をしても、全体としてはいつも差し引きゼロ。だからインフレも起きないし、借金取りに追われることもない。同じ力で引っ張り合ってるせいで決着のつかない綱引きのように、それはいつまでも完璧に安定している。

「ふうん」ぼくは返事をした。「増殖しない通貨なんて、通貨じゃないね」

と、これは饗子の語録からの引用。アエリズムはこういう時にひどく便利だ。考えなくても会話を進行させられるんだから。

もしも辺里市のトリプル推進政策がものすごく成功して市内の商取引すべてがトリプル決済になったら、市の税収はゼロになるはずなんだけど、その時はどうするつもりなんだろう……と、ぼくはゆっくりと妄想する。それとも税金もトリプルで支払うのかな?

「地域通貨ってのは、けっきょく芸術メディアなの。自分の信条や世界観を表明するためのね。選択でもって自分自身を表現するってこと。カラオケとか、着メロみたいに」

「へぇーへぇー」悠有は、目には見えない手元のボタンを数回叩く。「タクトって、やっぱり頭いいんだねぇ」

「なんだよ、やっぱりって」

ぼくはわざと不満そうに口を尖らせる。

悠有は笑いながら正面の回転扉にぱっと駆け込み、おかげで彼女がネット上の饗子語録《アエリズム》のことを知ってて茶化したのか、そうでないのか、ぼくにはまったく判別のしようがない。

＊

悠有と鉱一さんは、ひどく似ている。

顔つきもそうだけど、性格というか、ものの考え方というか、自分のまわりを見つめる視線のようなものが。

鉱一さんが発病してからも、そこだけは変わらなかった。例えば前回病院に来た時、車椅子の患者を眺めながら悠有がふとこんなことをいったのを、ぼくは憶えてる。

「ねえタクト」

「なに」

「円ってさ……大きさが違うだけで、ぜんぶ同じ形なんだよね」

返事をする前に、ぼくは少しだけ間をおいた。鉱一さんが、同じことを以前ぼくにいったことを思い出したからだ。でも、悠有がそれを知っているはずがない。その翌日にはもう彼は入院してしまったのだから。しかたないのでぼくはあの時と同じ返事をする。

「楕円を除外するんなら、そうともいえるけど」

「楕円は円じゃないよ。歪んでるもん」

「数学的には、どっちも円っていうんだよ。r二乗、イコール、x二乗プラスy二乗。真円は、焦点がたまたま一つしかない特殊解」

「ふーん。とにかくですね」悠有は、存在しないカイゼル髭をいじくりながら、学生役のぼくにむかって説明する。「我が輩はいま気づいたのですよ。これまでこの世で描かれたことのある真円をですね、時空を超えて、ぜえんぶ持ってきて一箇所に集めて、中心をそろえたら……そしたらバウムクーヘンのお菓子みたいに、みんな奇麗にぴったり揃うってことだよね。でしょ？」

「そりゃ当然じゃん」

「ぜんぶだよ、ぜんぶ。一つのこらずだよ。それってなんだか、すごいことだと思わない？」

「…………」

悠有のいわんとしていることを、ぼくはさらに考えた。ようするにユークリッド平面上の真円はすべて相似形だってことだ。でもそれはまったく当たり前なわけで、真円に変数は一つしかない——つまり半径という量しか変えられない——から、どうやったって相似になる。だからこそ円周率が意味をもつ。あまりにも当然のことだ。けれど、『πはこの宇宙のどこでも一定』という当然の事実に感動できる女の子がいる現実に、ぼくはちょっと感動してた。


ぼくと悠有は薄桃色のアトリウムを通り過ぎる。天井のガラスを突き抜けた夏の空の色が射し込んで、ほんの少しだけセピア色だ。アルツハイマーの治療グループが、中央に聳《そび》える太い檜《ひのき》の幹の周りでボール遊びをしている。老人ばかりだ。その事実に、ぼくはなぜだかひどく安堵する。

長期患者の棟は淡いベージュだらけで、病室の前には知里《ともさと》先生がぼーっと立ってた。いつもの如く、白衣は細かい皺だらけ。髪の毛の寝癖はそのまま、細い目は疲れて萎んでる。欠伸《あくび》を押さえる手のすぐ下で、腕時計が袖の中へずり落ちた。冬眠中に無理矢理たたき起こされた栄養不良の熊は、きっとこんな感じだろう。それとも、世の中の三十代後半の独身男性なんてのは、みんなこんなものなんだろうか。

「よお、おふたりさん」

「こんちは」

いつもどおりの素っ気ない挨拶をかわし、いつもどおりに最新の『状況』の説明を受けてから、いつもどおり二手に分かれる。悠有は部屋の中へ、ぼくと先生は隣のモニタリング・ルームへ。

「元気?」

「ええまあ。こっちはどうです?」

ぼくの曖昧な質問を、先生は的確に把握する。

「俺は相変わらずヘトヘトで、鉱一くんは安定してるね。といっても、体力はやっぱり落ちてる一方だが」

「そうですか」

机には小さな受像機が三つとビデオデッキが三台、それからパソコンが二台ある。補助金がやっぱりおりなかったらしく、半分はまだ知里先生の私物のままだった。ぼくらは椅子をひっぱり寄せ、モニタ越しに隣部屋の悠有を観察する。病室全体を見下ろす魚眼レンズの固定画面と、あとの二つは別の角度からで、キーボードから自由にパンとズームができる。

先生が白衣のポケットから冷たい烏龍茶をひっぱり出し、渡してくれる。ぼくは無言のままお茶を飲み、画面を見つめる――そして、これが未来の火星探査本部なのだと想像しようとする。悠有は、〇・五天文単位《AU》彼方の赤い惑星に初めて着陸して、いよいよ探検を始める宇宙飛行士だ。オリンポス山から地球まで、電波が届くまでには四分近くのズレがある。だから、ぼくらにはどうすることもできない。この映像は過去であって、そして同時に未来だ。『今』の中に閉じ込められたぼくらには、何もできない。何も。

そして、ぼくの夢想はそれほど的外れじゃない。なぜって鉱一さんは火星への一番乗りを夢見ていたんだから。

あの頃は、宇宙旅行と天体の素晴らしさが、ぼくら三人の話題の中心だった。望遠鏡を初めて覗かせてくれたのも、液体燃料と固形燃料の使い道の違いを教えてくれたのも彼だった。そして未来が軌道エレベータと蒸気推進にこそあるのだと、ぼくに納得させたのも。そう、未来だ。あのころ未来は間違いなく存在してた。ミールは期待外れだったけれど、ハッブルと国際宇宙ステーション《ISS》は正確にぼくらの進むべき方角を指し示してた。もういちど月へ。そしてその彼方に輝く、赤き惑星へ。

　というのが、五年前。

　――今の鉱一さんは三つのモニタのむこうで幸福な笑みをうかべ、肌もつやつやとして、まるで病人ではないかのようだ。

「なあ」先生が、ぼくに話しかける。ただし目線はモニタに向けたまま。正面から相手を見ないのは、ぼくと先生の間で結ばれた無言の紳士協定だった。すくなくとも、この部屋にいる時は。「どうしてもってんなら、中に入っても大丈夫だぜ。今日は比較的安定してるし」

「いいですよ、べつに」

「『べつに』って、そればっかだな、君は」

　先生は苦笑する。けれどそれ以上は追及しない。つまり、その頃のぼくらが知っている大人たちのなかでは、彼はかなりまともな部類だったということだ。もしかしたらベスト5には入るくらいに。

　無意味な質問はしない。年齢だけで相手を判断しない。わからないことは『わからないよ』と正直にいえる。たまに〈夏への扉〉へ来た時にも、おばさんの申し出を断ってきちんと自分のコーヒー代は払う。そしてなにより彼は、本を読んでた。翻訳ものは好みじゃないらしく、国内の新しめのがほとんどだ。といっても、雑誌やコミックを勘定に入れて『一年で数十冊は読みますよ』と平気で答える恥知らずの類じゃない。話題になってるというだけの価値しかない一瞬のベストセラーをつまみ食いするのでもない。前先生はちゃんと読んでた。それは例えば辻原登とか、飯島和一とか、黒田硫黄とか、前田愛（『ガメラ3』のヒロインじゃなくて、国文学者のほう）とか、関曠野とか、野口武彦とか、そういうのをだ。『読む』っていうのは、つまり読むこと以外の報酬がないって意味だ。味わうためだけに味わうってことだ。人口二十万未満の地方都市でその真実を理解してる人間は、ひどく少ない。そして知里先生はそんな絶滅危惧種の一員だった。

「今日の鉱一さん、どのへんなんです？」

「さあて……二十二世紀あたりかな？」先生は答える。眠たそうな声で。

悠有はベッドの端にちょこんと腰かけ、首を少しだけかたむけて病室の主の言葉に聞き入っている。二人の声は、ぼくらには聞こえない。それもまた無言の協定の一部だった——ぼくらは鉱一さんを監視してるんじゃなくて、彼の創っている世界を守ろうとしているだけなんだから。だからぼくらは無言で見守る。魔法の骨董屋のショーウィンドウの中で動く、糸のない操り人形を眺めるように。鉱一さんが、緑色の、細長い、何のために使うのかわからない奇妙な器具を悠有に手渡す。たしかに今日はかなり安定しているようだ。画面の右隅、ベッドとは反対側の壁の前には、同じように奇妙な家具が並んでいる。異世界の、あるいは遠い未来の品々が。

S＝Z症候群のすべてを理解してる、なんていうつもりはない。もちろん先生は説明してくれたし、判明してる事実はぜんぶ把握してる。専門の研究者たちを除けば、ぼくはたぶん地球上でいちばんこの病気について詳しい人間だ。それでもわからないことはたくさんある。

脳の中には無数の運河がある――というのが先生お気に入りの表現だった。ニューロンと呼ばれる微弱電流と化学物質の運河だ。その運河の底に土砂が溜まって、堤防があちこちで決壊していく。水はあらぬ方向へ漏れ出し、届くべきところへ届かない。かくして『想起』という名の蛇口をひねっても肝心の『記憶』は出てこなくなり、住人である『意識』には不平不満が溜まっていく。そして最後には、その住人そのものも膨大な土砂の下に埋もれて消え去ってしまう。

アルツハイマーの場合、発症するのは中年とか老人になってからがほとんどだ。けれど若年性アルツハイマーというのも、少しだけどある。その二つは同じものなのか、まったく別の病気なのか、あるいは同じ原理がひきおこす変奏曲なのか。それは老化の過程でおこる自然な現象なのか、それとも（狂牛病やクロイツフェルト＝ヤコブ病がそうであるように）外部から入り込んだ異常プリオンがβ《ベータ》アミロイドと脳内チキンレースをしてるせいで引き起こされる、回避可能な事故でしかないのか。そもそもプリオン自体、記憶を生成し固着するために必要な物質ではないのか……等々、世界中の研究者が毎日どこかで新たな論文を発表している。先生のお師匠さん一派は、原因究明よりも治療法の研究に没頭してた。方針はこうだ。堤防が決壊するなら、それよりも早く新しい堤防をつくればいい。運河の迂回路を掘ればいい。土砂がどこから来るのか、運河を浚《さら》って完璧な水を流し込む究極の方法は何か、そういうことは他の連中に任せておけ。我我はまず何よりも医者なんだ、目の前の患者の暮らしを少しでも快適にするべきだ。

知里先生たちの（考え方はともかく）手法は、あんまり正統派ってわけじゃなかった。昆虫の神経系は幼虫から成虫に変態する際にすべてを一旦『ご破算』にしてから再び積み直していく——そんなところからヒントを得たんだと公言してたせいで、グレゴール知里なんていう徒名《あだな》も頂戴したらしい。そのうちいろんな噂が飛び交い、派閥の対立が始まり、古い確執が蒸し返された。やがて研究が、行き詰まって、あわや助成金が打ち切られそうになった時……スイスとリトアニアから、ほぼ同時にニュースが飛び込んできた。若年性アルツハイマーそっくりの症状から自然回復した、二人の少女。ザールヴィッツ博士とゼリコフ医師のもとにいる患者たちの話が。

これこそ突破口だ、と先生たちは考えた。我々の研究は間違っていなかったんだ、この患者を調べれば、脳の自然回復システムを分析できるかもしれないぞ！　大急ぎで現地の医者とコンタクトをとり、メールで情報を交換し、飛行機のチケットを予約し……たどり着いた先には予想外の現象と当然の結論が待ってた。

ニューロンという運河網は、それぞれの人生そのものだ。一回きりの、二度と複製できないタペストリ。仮に新しい堤防をつくっても、迂回路を掘っても、結果がまったく同じになるなんてことは確率論的にありえない。そして二人の少女は、自分たちの脳味噌でもってそれを証明してみせたんだ——幾度となく。

二人は回復した。新しい運河が生まれてた。けれどその時には、もうそれまでの二人じゃなくなってた。別の意識。別の思考。そして別の記憶。

辺里の街の水路地のことを、ぼくは思いうかべる。今ある細々とした裏道のネットワークが、もっと大きくて複雑だった流れの名残でしかないことを。偶然に生き延びた結論の一つにすぎないことを。辺里という土地の発展に別のかたちで取り込まれ、別の経路が生き残ったかもしれない可能性を。

秀吉に命じられて常陸国《ひたちのくに》からやってきた殿様が、もうちょっと東寄りにお城をつくっていたら。それがまた領民の一揆と関ヶ原のおかげですぐに改易にならなかったら。県下に名高い『明和の治水』が失敗していたら。戊《ぼ》辰《しん》戦争の時、赤報隊のはぐれ者が通りかからなかったら。最初の鉄道が（地元の顔役のゴリ押しにめげずに）当初の計画ルートに敷かれていたら。あのヴァン＝デル＝コールハス／コールハース氏の設計図が実現可能なものだったら。ぼくは想像する。想像して、すぐに打ち消す。ぼくの脳内で形成されたニューロンの励起の網は、あっというまに弱まって、ありえた世界はもうどこにも見つけられない。けれど打ち消すことができなかったらどうなるだろう。すべてが上書きされてしまったら……世界がやってきて、腰を据え、見る見るうちに精緻なものへと成長していったとしたら。

二人の患者の神経系におきていたのは、まさにそれだった。数週間おきに、ありえたかもしれない過去と現在（そして時には未来）が脳細胞の網の中に現れる。どこにも矛盾のない、完璧な半生。ふつうに通学もできるし、掃除も料理もベッドの支度もできる。ただ一つだけ問題があるとすれば……まわりの世界すべてが自分の記憶と食い違っているということだけ。

鉱一さんは四番目の患者で、だから医療機関の対応も最初の二人に比べれば適切だった。自殺未遂も無し、精神病院への片道切符も無かったんだから。それでもやっぱり、事が解決したわけじゃない……全身の筋力は弱まり、カルシウムは減っていく。軽い頭痛とわずかな目眩。消化器系のゆっくりとした衰弱。睡眠時間の増大傾向。免疫力の低下。それからもちろん、約十七日周期でうつり変わっていく彼の『現実』。

知里先生も周期にあわせて新しい地名や人名を学んでゆく。変化がおきるたびに同じ説明が繰り返される——ええ、たしかにここは君の住む火星基地（もしくはガリレオ衛星の田園都市、十九世紀最後の年に建てられた古い軌道エレベータ、関門海峡を越えてつながる万里の長城の一角）ですよ、ですが貴方は原因不明の難病に罹《かか》ってしばらくのあいだ治療と静養が必要なのです。ですからこの部屋から出ないように。ご心配なく、貴方のただ一人の肉親である妹さんには、きちんとこちらから説明してありますから——。先生の忍耐力は、ほとんど無限に続く。まるでトリブルのように、どこまでも。彼は鉱一さんの『世界』のほんの一部を共有する。新しい家具や生活用品を一緒に作りさえする。十七日毎の『世界』を分かっていなくても、静かに参加することはできる。

　そう、分からないことは山ほどあった。原因は何だろう（異常プリオンもβアミロイドの蓄積も見あたらない……ではやはりアルツハイマーとは無関係なのか？　クロイツフェルト＝ヤコブ病の新たな変種という可能性は？　周期性同期性放電《PSD》が発症初期の段階でのみ確認されるのはなぜなのか？　ネプリライシンの不安定な挙動は何を意味する？）。患者たちの新しい『記憶』はどこから来るのだろう（それは単に正しい記憶の歪曲でしかないのか）。『記憶』の変異周期が個人によって大きく異なるのは、なぜだろう（いちばん長い周期は一九五日だった）。『記憶』が生み出す異世界は、なぜ内的矛盾をおこさない完璧な出来映えなのだろう（ウクライナで見つかった患者のK嬢は、古代エトルリア語と樺太《からふと》アイヌ語の混淆《こんこう》から発生したヤノマミ・インディオ帝国の北部方言を、二十五世紀ぶんの歴史と文法的解説もふくめて披露してみせた)。そしてなぜ、どの患者も必ず一つの事実――たとえば鉱一さんの場合は妹が存在するという事実――だけは変わらないままなのだろう(それは認知的な基準点として何らかの心的機能を果たしているのか? 記憶変異周期との因果関係は? 極微量な異常プリオン群の「準遷移サイクル」が脳内で発生しており、そのために不動域が必要だということか? しかし、そもそも蛋白質の複製に非周期安定解などというものがあり得るのか?)。

けれど、そうした詮索は後回しになる。なぜって、知里先生は何よりもまず医者なのだから。病院の方針は大きく聳えて変わらない……正常へ帰還するための闘病ではありません、あくまでも生活の質を維持する病者との伴走なのです。ほんの時おり、S＝Z症候群に注目した論文が発表されることがある。けれど、大きな進展はない。世界中の医者のほとんどはアルツハイマーの解明に大忙しだ――当然のことだ、そっちのほうがたくさん患者がいるんだから。急げ急げ、他の研究機関に先を越されるな! 百万人の老人が薬を飲むんだ。どれだけの産業に発展するか想像してみろ。最初に解き明かしたやつは億万長者だぞ!……

そんな巨大な渦を遠くに眺めながら、鉱一さんの治療はゆっくりと介護に変化してゆく。不思議な色をした器具は増え、幾つもの世界だけが積み重なっていく。幻の経験が。

偽りの知識が。

幻？　けれど、どこからどこまでが『実在』なんだろう？　ぼくの中で、小さな怒りがわきおこる。およそ一四〇〇グラムの柔らかい器官に蓄えられた情報の、どこまでが『事実』で、どこから先は『架空《フィクション》』と呼べるのか？　ぼくらの頭の中にだって、たくさんの物語《フィクション》が詰まっている。ホビット庄も、ミカンの皮が大好きな縞々模様の竜も、赤道から伸びる軌道エレベータさえも、ぼくは明確に思い描くことができる。それは確実にぼくの脳内で一定の容量を占めている。鉱一さんの『現実』ほどの確かさは伴わないにしても。世の中には、テレビの連ドラに本気で涙する人間がいくらもいる。ぼくの母さんだってその一人だ。それが病じゃないだなんて、誰に断言できるだろう。物語が許されるなら、この惑星でたった一人の脳内にしか存在しない『現実』だって許されるはずだ。『現実』の優位性なんて、単に多数決の結果にすぎない。そして多数の賛成は、必ずしも結論の正しさを保証しない。……

「なあ、どうした？　大丈夫か？」先生の指先がぼくの肩をつつく。

「大丈夫ですよ」

「ならいいけどさ。ボーッとしちゃって。君にまで、あっち側に行ってもらっちゃ困るぜ」

「十二億分の一の確率でしょ」あっち側、というのは先生なりに婉曲なS＝Z症候群の呼び方だ。全世界で五人の脳味噌の中でしか発生しない不思議な現象。そしてそのうち三人は、もうこの世にはいない。「そういえば、県の補助金の話はどうなんです」

「うーん、まだしばらくは、なんともね」先生は両腕を頭の後ろに組んで、背もたれを軋ませる。「ほんとは国の難病指定がとれりゃいいんだけどね、あっちはあっちでナニなもんで。うちの師匠も京大閥とはああいう関係だし、今の厚労省は例のアレだから」

「そうですね」

あやふやな代名詞の波間で、ぼくは適当に相槌をうつ。もちろん特定疾患医療給付制度《システム》は、完全無欠な魔法の杖じゃない。それくらいはぼくだって解っている。どんな制度にだって、限界はある……予算という名の、巨大な上限が。説明だけはたくさん受け取る。S＝Z症候群は確かに治療法も見つかっておりませんがね、生活面での長期支障という点ではいかがなものかと。生死に関わる病気は、他にもごまんとありまして。特定疾患の認定は、あくまでも国民全体のためにということで。少なすぎる患者に予算と人材を配分してしまったら、かえって不公平になりますし。云々。悠有とおばさんが、これまでに何度となく耳にした説明。申請書はあちこちを巡り、却下され、次の年度に後回しになり、病院の請求書だけが（まるで『時間』そのものの代弁者のように）一定速度を保って積み重なる。けれどその背後には、他のあらゆる制度と同じく、入り組んだ派閥争いやら人事の確執が横たわっている。そのことを先生はよくわきまえている。もちろん、ぼくも。

悠有はサンドイッチをほおばる。鉱一さんも、すこしおぼつかない手つきで、一緒に食事をする。たぶん彼は……今の彼は……生まれて初めてサンドイッチを見たんだろう。

「読唇術、勉強しとけばよかった」

「あ?」先生は、一瞬おかしな顔をする。そしてすぐに、「ああ、唇の『ドクシン』ね。心を読むほうかと思った」

「って、そんなSFみたいなこと」

「なんだよ、駄目か?」先生はちょっと不満げだ。ぼくの声色に軽蔑を聴き取ったのかもしれない。もしくは諦めを。「子供の頃そういうの大好きだったけどね、俺。超能力とか、失われた大陸とか。今は違うの? 君らみたいな最近の頭よさげな子は、そういうの読まんの?」

画面の向こう側で、悠有が口元をおさえる。ほんのかすかに、壁越しの笑い声をぼくは感じとる。鉱一さんの『世界』の中で、悠有はぼくの知っている悠有じゃない。架空の想い出を共有する、架空の女の子だ。それはつまり、画面の向こう側から見れば、ぼくは架空《フィクショナル》の存在だということだ。ぼくは笑い出しそうになる。サイエンス・フィクション。足りないのは科学だけ。

「多少は読みますよ」ぼくは、ひとつ質問を思いつく。「先生、タイムトラベルものって読んだことありますか？」

「ん？　ああ、幾つか読んだよ。広瀬正とか、小松左京のとか」

「『時をかける少女』は？」

「んー、実は読んでない。映画は観たけどね。原田知世のやつ」

「もし先生が時間を自由に跳べるとしたら、どうします？」

「なんだなんだ、今日はずいぶんお喋りだな。ふうむ」先生は腕組みをする。三つの画面の中で、三人の悠有が同時に瞬きをする。「自由にってのは、過去へも未来へも、好きなだけ移動して戻ってこれるってことだよな」

「ええ。まあ」ふと小さなしこりのようなものを、ぼくは喉の奥に感じる。未来へ、そして過去へ。戻ってこれる。

「一九一八年」十秒くらい経ってから、先生の答え。「いや、もうちょい前の一七年くらいがいいか」

「どうして？」

「スペイン風邪の大流行。あれを、止めてやる」びっくりするくらいハッキリとした、先生の声。どこにも眠たさはなかった。

　鉱一さんが銀色の棒を取り出し、使い方を説明している（たぶん）。悠有は熱心に頷いている。孤独なのはどちらなんだろう、とぼくは思う。存在しない記憶を分かち合う二人か。それとも外のぼくらなのか。

「歴史が変わっちゃうでしょ、そんなことしたら」

「そらそうだろうな。だから？」

「人命優先ですか。時空間の健全性よりも？」

「時間旅行なんて、そもそもあんまり健全じゃないさ」

鉱一さんが棒の把手《とって》をいじったとたん、悠有が立ち上がり、両手を真横にひろげてゆっくりと回り出す。スーフィー教徒のように、あるいはドーナツ型宇宙ステーションのように。——

——そしてぼくは唐突に、しばらく前に悠有が口にした印象的な言葉を想い出す。あれはアメリカがアフガニスタンへ攻め込んだ直後の頃で、テレビのニュースはターバンの髭もじゃ男たちと岩山の映像でいっぱいだった。ぼくはそれが大嫌いだった。なぜって、きっと一年後には誰もアフガンのことなんぞ気にもかけなくなっているだろうと分かっていたからだ（そして実際、そのとおりになったのだけれど）。そんなわけでぼくは、〈夏への扉〉で悪態ばかりついていたんだ。でも悠有は、両膝をぎゅっと抱きしめながら、ぜんぜん別のことを思ってた。

「ねえ、タクト」

「なに」

「これって」

画面には、イスラーム教徒《ムスリム》の礼拝の様子が映ってた。

「これってきっと、神様のところから見たら、とっても奇麗なウェーブだよね」

「?」

「ウェーブ。サッカー場とかの。だって、一日五回、世界じゅうのムスリムさんたちがこうやって頭をさげてお祈りするんでしょ？　それをすごーく高いところから見下ろせたら、こんなふうに地球が自転してるから……」と悠有は両手で架空の球体をつかんで、くるりと回転させた。「……ちょうどこのお昼側の面に五本、北極から南極まで縦に筋がはしってて、ええと、なんだっけほら、日付変更線じゃなくって」

「子午線」

「そう、子午線。上から見てたら、ずうっとその線が動かないみたいに見えるんだけど、でもほんとうは、とってもたくさんの人たちがウェーブをやってて、その筋をつくってるってことだよね？　でしょ？」

「うん、まあ」

「ってなんだか感動薄いなあ。ちゃんと想像してみてよ」

「ああ」

ぼくは想像してみた。そして、頭の中にひろがった途方もない美しい情景に、一瞬だけ圧倒された。

――それは惑星をつつむ定在波だった。

主恒星のほうをむいた半球の表面に、夜明けの縁から夕暮れの縁へ、四五度の等間隔を保ちながら、信仰者たちの波が五つ、かすかに上下に屈伸し、球体の自転を完璧に無視しながらその場にとどまり続ける。その上をゆっくりと、かれらの信仰の象徴たる巨大な銀の衛星が、波を幾度も追い抜きながら惑星のまわりを巡ってゆく。

千四百年以上もの長いあいだ……初めは砂の半島の一角だけで、でもやがては惑星のあらゆるところにひろまって、今や二億を超える人々が造り続ける巨大な祈りの五重線。電波よりも遙かに素朴で、探査船よりも遙かに貧しい、けれどもけっして途絶えることのない、敬意と憧憬に満ちあふれた、星々への通信。

もしもかれらの信じる唯一神が……悠有のいうように「すごーく高いところ」に……いるとしたら、ぼくらの想いを〈彼〉に送り届けるのにこれほどふさわしい術《すべ》が他にあるだろうか？　これほどまでに単純な通信を絶やさず続けている惑星の住人を、〈彼〉が見捨てることなどあるだろうか？

定在波《ソリタリ・ウェイヴ》。孤独《ソリタリ》の波。

誰もいないかもしれない暗黒の無限へむかって、この独り寂しき惑星が発信する、せいいっぱいの星間通信。

「まあね」ぼくは何気ないふりをした。「おもしろいね」

「んもう。もっと感動してよ。せっかくあたしが、すごいなあってことを見つけたのに」

「してるよ」

「ほんとに?」

「ほんとに」

「タクトって感動を隠すのが上手なんだね、それじゃ」いたずらっぽい笑み。「そんなことばっかりしてると、肝心な時に失敗しちゃうぞ、きっと」――


――ぼくは再び現実に引き戻される。先生はさっきの話の続きをしている。

「というか、やっぱ科学そのものが大して健全でも道徳的でもないんだな。素粒子論で、いじめや児童虐待がなくなるわけじゃなし」

「医学は?」

「医学こそ、だ」先生はおおげさに首を振る。「これこそ不健全の極みだぜ。悪いことはいわんからね、どんなに勉強できても医者にだけはならんほうがいい」

「医者を目指してるのは涼のやつだけですよ」

「ああ、あの三男坊の彼ね。まあ、彼んところは親爺さんが病院持ってるから、まだいいやな」

「はあ」ぼくは少しだけ迷う。知里先生はいつになく真剣な顔つきだったからだ。ちなみに先生の御父上は一介のサラリーマンだ。「もしかして、またうまくいかなかったんですか。お見合い」

「そういう鋭い指摘をするんじゃないっての、高校生のくせに。うんまあ、なんだその」先生は目をこすりながらキーボードをいじくり、悠有たちの幸せそうな姿を急に小さくしたり大映しにしたりする。「要するに、あれだ。知識とか論理とかってのは、確かにこの物理的宇宙の全てかも知らんが、人間の脳が感知する世界からすりゃ、ほんの一部にすぎないってこったよ。ほんとに価値があるのは……」

「のは?」

「感情と、追憶だな」

*

病院からの帰り道、悠有は、

――駅まで遠回りして歩こうよ。

と提案した。

午後の空は腹がたつくらい強い陽射し、空気はどこまでも蒸し暑く、心地よい夕暮れまではまだ三時間以上もある。

けれど、ぼくは反対しなかった。悠有が散歩したがる時は、いつだってぼくに大切な相談をしたい時だからだ。

舗装の剝がれかけた車道から畦道《あぜみち》へ、ぼくらは冗談を交わしながら歩く。安っぽい造りの二階建てアパートの群れが、たくさんの駐車場と交互に並んで、歪《いびつ》な市松模様をなしている。きっとこの国のどこにでもある、ろくでもない景色。そんなろくでもなさの中を、悠有は〈マンホールと『止マレ』の文字を踏んだら駄目だからね、と警告しながら〉楽しそうに進んでゆく。ふと、こっちの街は水の匂いがしないことに気づく。川までの距離は辺里とそれほど違わないはずなのに。

「あ」悠有が、ガードレールのない道の端へ、さっとよける。

サイレンが後ろから急接近してきた。

消防車だ。ものすごい音をたてて、一台、二台、ぼくらを追い越してゆく。エンジンの唸り、土煙。赤と銀の義務感。

あっというまに、短い隊列はブロック塀と瓦屋根の彼方へ消えた。ドップラー効果だけが、やる気のありすぎる夜店の飴みたいに、いつまでも伸びて途切れずにいる。

「大きいんだね」

「え?」

「近くで見ると。消防車って。そう思わない?」

「まあね」

ぼくが思うのは、放火事件が最近増えてるという話だ。

なるほど、悪意と悲惨は隣街にも同じだけあるということか。あるいは同じ犯人が出張してきたのだろうか。そして日本全国で、次第に行動半径を大きくする犯人の後ろ姿が、一瞬だけ頭の中に浮かぶ。そして日本全国で、欲求不満を抱いた連中が一斉にライターを点火する、そんな暗い夜を。

「元気そうだったじゃん」低いサイレンを遠くに聞きながら、ぼくは悠有の切り出したがっている話題を探った。当然ながら図星だった。

「うん。ちょっと安心しちゃった」

「だね」

「あのさ」

「うん?」

「タイムトラベルして過去を変えて戻ってくると、もとのところじゃなくて、別のパラレルワールドに来ちゃうんだよね?」

「まあ簡単にまとめればね」

「むつかしくまとめたら？」

「量子論に従えば」ぼくは咳払いする。「いかなる粒子も確率的分布でしかない。それが全宇宙だろうが、話は同じ。でも、ミクロ的視点で確率分布してるものがマクロで一意に収束しなきゃならない理屈がよく分からない。だから『収束』っていう観念そのものをなかったことにして、無数の結果が無数に存在するんだとしたのが多世界解釈。そしたらその発想をＳＦ作家にパクられた。おしまい」

「それほんと？」

「今、適当に考えただけ」

「んもう」悠有はぼくの肩を小突く。それから、ようやく本題を切り出す。「あのね、あたし思ったのはね……こないだからＳＦばっかし読んでたせいかもしれないけど」

「うん」

「お兄ちゃんは、心だけパラレルワールドに行っちゃってるってことなのかな」

ぼくは、すぐには答えない。

なぜって、この論理の行き着く先を容易に想像できたからだ。

「まあ、いえなくもないけど」

「じゃあ、お兄ちゃん、もう戻ってこれないのかな？」

「かもね。パラレルワールドはたくさんあるだろうし」

「たくさんじゃなかったら、帰ってこれる？」

「二、三個とかなら、そりゃすぐだけど」ぼくは暗算をする。平均十七日周期で五年間。同じ『世界』は一度としてなかった。悠有にとって、この割算の商は無限大といってもいい。「でもパラレルワールド無しの話も、いろいろあるじゃん」

「たとえば？」

「過去は変えられませんでした、とか。変わったように見えても時空間には弾性があって、いずれ元に戻るとか。いちばんベストの結果が最終的に固定するとか。『バック・トゥ・ザ・フューチャー』みたいに」

「饗ちゃんに怒られちゃうよ、それだと」

たしかにあいつは昔から、あの映画に不満を表明してた。特に、悪漢ビフ・タネンについて。主人公をひどい目に遭わせるいじめっ子――どの時代、どの世代でもそれだけは変わらないという、実にわかりやすい悪役。

ビフのことが嫌いだというわけじゃない。その逆だ。饗子の主張はこんな感じだった……二作目、未来世界でのビフの栄華は、たしかに失って然るべきものでしょう。あれは未来の情報を悪用して手に入れたインチキだったのですから。けれど、一作目の冒頭で得ていた社会的地位は、彼自身の能力と努力の結果のはずではありませんか。なぜそれが、主人公の冒険の『報酬』として奪われなければいけないのでしょうか？　ビフが一体どれほどの悪事を働いたというのですか？　ただ単にいじめっ子だったというだけで、彼のそれまでの全人生は否定されるべきなのですか？　なんという差別、なんという不道徳な脚本！——とまあ、そんな調子で、一度なんぞは正式な〈プロジェクト〉として『ビフ・タネン人権救済委員会』を発足しようっていいだしたくらいだ。

「そんなの知るかよ」ぼくは怒ってみせる。「だいたい饗子のやつは、パラレルワールドにも反対してたじゃん」

「うーん、それもそうだけど」悠有は腕組みをして考え込む。「うん、わかった。じゃ、やっぱりパラレルのやつは却下ってことで。タクトもそれでいい？」

ぼくが返事をする前に、携帯が鳴った。メロディはエルトン・ジョンのRocket Man。メールのほうだ。

「母さんから」ぼくは悠有に画面を見せる。「特売してたから例の御馳走だって。早めに帰ってこいってさ。悠有も一緒に」

「ほんと？　いいの？」

「おばさんのほうには、もう連絡してOKあり、だとさ」

「あたし、タクトのお母さんのビーフ・ストロガノフ、大好き！」

「で、食い過ぎて太ると」

「太らないよ、もう！　どうしてそういう意地悪いうのさ、タクトったら！」

「意地悪な性格だから」モンティ・パイソンのDVDを観て習得したばかりの『悪魔的な笑み』を、ここぞとばかり、ぼくは試す。「柔らかいクッションで一撃だぜ」

「うそ！」

「ほんとだって」

「だめ。却下だよ！」

悠有はぴょんぴょんとスキップしてから、くるりとふりかえって、ぼくを待った。彼女の背後には、青い稲穂と送電線ばっかりの盆地が広がってた。ぼくらの街は、百万光年の彼方に横たわる蜃気楼だった。

「どしたの？」

「なにが」

「遅いんだもん。来た時は、タクトのほうがずんずん進んでたのにさ」

「悠有がすごく魅力的で、高校一年の夏は一度しかなくって、でもすぐに時間は過ぎ去って、そのうち東京の大学とか、とにかくここ以外の何処かに行くことになるんだなあって気がついたんで、感傷的になっただけ」ぼくは一息で答えた。

「うそ」

「ほんと」

「ほんと？」

「冗談に決まってんだろ」

「……んもう！」

悠有はすぐにふくれっ面になって、ぼくにむかって舌を突き出す。ぼくは有気音と声門閉鎖音だらけのクリンゴン語で悪態を返す。

ここ以外の何処か《anywhere but here》へ。

ぼくの中でその一節が反復する。幾たびも、幾たびも。悠有の能力についてぼくは考える。商店街が近くなり、七夕祭りの音楽が聞こえてくる。あちこちに設けられたスピーカの近くには、きっと監視カメラも並んでいるんだろう。ぼくの中の名前もない不安は、どんどん大きくなっている。自分でも気づけないくらい、静かに否定し続けていたのに。ここ以外の何処かへ。ここ以外の何処かへ。

もう誰も憧れない未来へ。


――南風の蒸し暑さも、夕方には土砂降りになった。

Chapter 3 バッキーと炎

中世の辺里盆地

辺里盆地の勢力は、大久郡司の末流である秦部荘の神部氏と、摂関家八代荘の荘官出身である八代氏が次第に台頭してきた。…(中略)…その結果、主導権を得た八代氏が神部氏を徐々に押さえて、盆地内の有力武士団へと成長したのである。

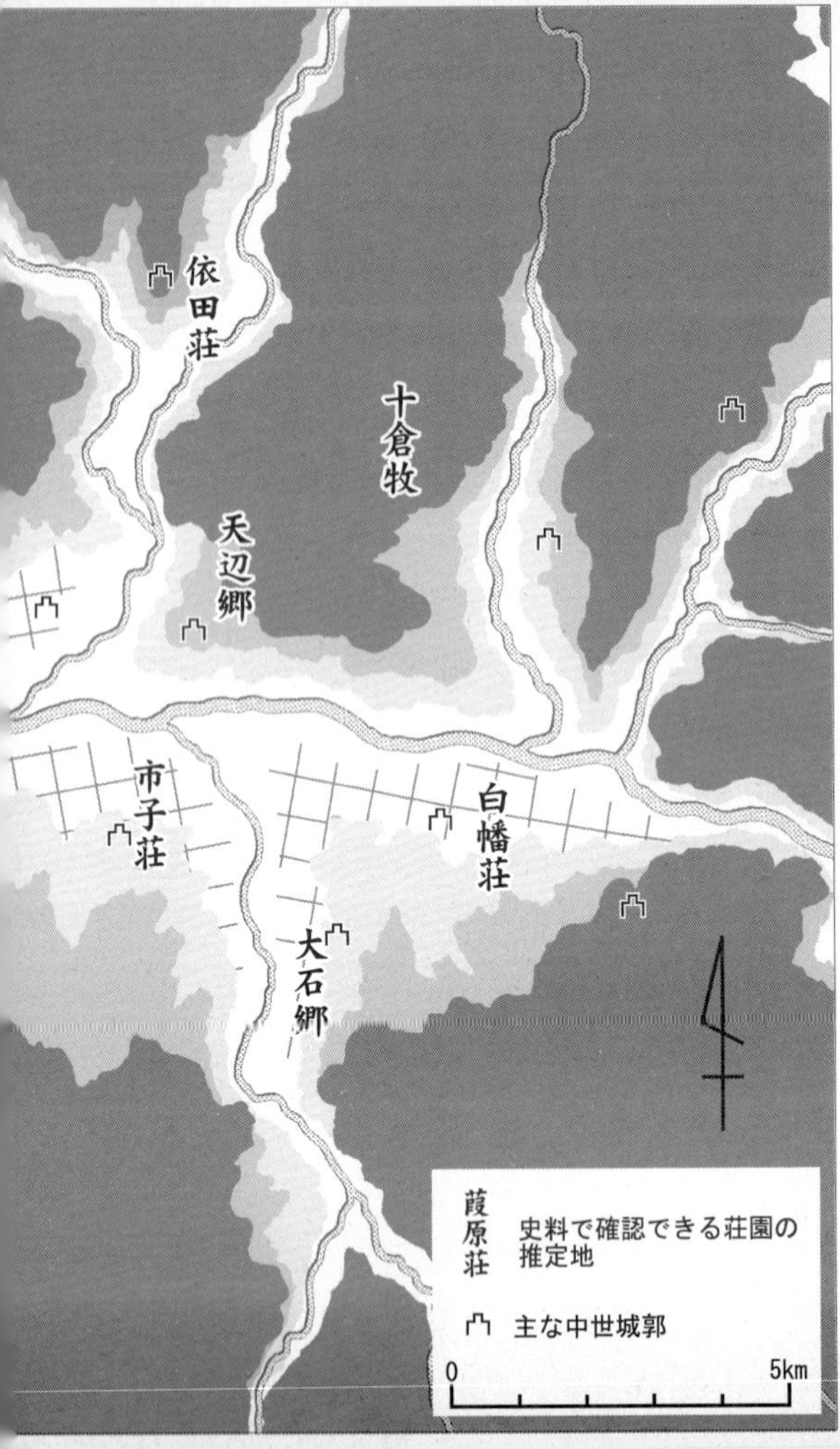

（『中世の辺里』『辺里市史』第１巻より転載）

16

高速撮影カメラは、まるで電動ノコギリのような騒音をたてる。それはまるで、機械の中に棲んでいる小さな妖精職人どもが、

——時間と空間を御注文どおり細かく切り裂くにゃ、たいそう手間暇がかかるんですぜ、旦那!

と訴えているかのようだ。

「よーい……はい、スタート!」

いつもどおりの饗子の号令と同時に、悠有は何度も走り出す。涼は手帳に書き込みをする。同じ場面、同じ実験が幾度も繰り返される。コージンのいうとおりだった。ぼく

らは第二段階に突入していたんだ。

饗子の情熱の、第二段階。

そして、実に地方都市らしい、暑い暑い夏の。


悠有の装備は、着実に増えてた。

半袖シャツに小さな青いデイパックを背負って、中には携帯電話とMDウォークマンが入れてある。どっちもスイッチは入れっぱなし。MDの音楽(おばさん仕込みの悠有の趣味で、ビリー・ジョエルの River of Dreams がエンドレスにかかってる)は携帯が拾い、コージンの手許の携帯からMDに録音される。

悠有が『跳んで』いるあいだは……それがどんなに短い一瞬であろうと……悠有の携帯はこの時空間に存在していない。だから必ず電波が途切れて音楽がとぶ。単純な仕掛けだけど、効果的。

リュックにはもう一つ別の仕掛けも詰め込まれている。こっちはさらに安上がりで単純なシステムだった。ペットボトルが二本、中身は水道水とミネラルウォーターで、田圃から採ってきたミズスマシを入れてあるだけ。悠有は気持ち悪がったけれど、これはかなり重要な実験だった。すくなくとも、考案者の饗子にしてみれば。

要点はこうだ……『跳んで』いる悠有というのは、はたしてど、こ、ま、で、の、範、囲、な、の、か、?

服や靴が一緒に『跳んだ』のはわかっている。ならば靴が触れているアスファルトは、どうして一緒についていかなかったのか？　悠有が、例えば猫を抱いていた時に『跳んだ』ら、猫は置いてけぼりになるのか……それとも一緒に『跳んで』しまうのか？　もしも置き去りになるとしたら、悠有の体の表面や体内にいるはずの小さな菌はどうなる？　それとも悠有は『跳ぶ』たびに腸内の有用菌が減っていって、そのうちおかしな病気に罹るのだろうか？――

「真面目な話なのよ、これは！」

最初にその作業仮説を聞かされた時、ぼくらは腹をかかえて〈夏への扉〉の床を転がりまわったものだ。でも、たしかに響子は真剣だった。

「悠有の身に万一のことがあるくらいなら、私は今すぐ〈プロジェクト〉を中止するわよ。ええ、そうですとも。それくらいなら、小論文の宿題でもやっていたほうがよっぽどましだわ。悠有の能力が制御可能かどうか……私たちは生死に関わる大問題に直面しているのよ。おわかりですこと、みなさま？」

というわけで携帯とウォークマン、ペットボトルとミズスマシ、それから時計だ。

悠有の手首と足首には、デジタル時計がそれぞれ二つずつ括《くく》りつけられている。百分の一秒まで計測できる代物。胸のポケットにも、もう一つ。時計を使うのは涼のアイディアだった。『跳んで』いるあいだの悠有は時間が経過しているのか。体の各部分がちゃんと同時に『跳んで』いるのかどうか。

かくして、できるだけ安上がりの実験装置が勢揃い、準備は万端、あとは悠有の準備運動が終わるのを待ち、カメラをかまえ、息を呑み、そして——

*

——そして結論を先にいえば、測定から判明した事実はこんな感じだった。

その1。悠有が『跳べる』のは最短〇・三秒、最長で三・二秒。距離はゼロから十八・四メートルまで。

その2。『跳んだ』時間と距離に明確な相関はない。

その3。『跳んで』いるあいだ、悠有の時間は経過していない（少なくとも時計の測定限界以内で）。

その4。悠有が『跳べた』のは、自分で走っている（時速にするとおよそ五から十五キロの）時だけ。ただし、止まったまま絶対に『跳べ』ないかどうかは不明。

その5。走っても毎回うまく『跳べる』かどうかは、本人にもよくわからない。

その6。悠有の体はどの部分も同時に『跳んで』いる（同じく、時計の測定限界以内で）。

その7。ペットボトルの中身から類推するに、悠有の腹の中の大腸菌は減っていない。

「それじゃあ次は、誰かと一緒に『跳べる』かどうかを実験しなくっちゃね！」

ボトルを振って哀れなミズスマシを思いきり混乱させながら、饗子は興奮した声で宣言した。

そうか、つまりこいつは悠有と一緒に『跳び』たかったんだ。ぼくはようやく理解して、じわじわと蘇ってきた喉の奥の違和感を忘れようとする。

もちろん〈お山〉のお嬢様は、ぼくの思考なんか気にとめない。悠有に抱きつき、撮影再開の合図を涼に送り……そして三十分後。

「その8」ぼくは結論づけてたんだ。「弊社のタイムマシン・悠有1号には、御客様は御乗車になれません」

「そんなのあり得ないわ！」

饗子の悲鳴が入道雲をゆさぶる。悠有は困った顔でぼくのほうを見る。つられて饗子もこっちを睨む。涼のやつは手帳の陰に顔を隠す。ビリー・ジョエルが、喜びにあふれて夢の河をくだっていった。さあ歌おう、感電死するくらいの喜びを！……実際、ぼくは二人の視線の圧力で心停止しそうな気分。

けれど、事実は事実なんだからしょうがない。

ぼくらの目の前で、悠有は見事に消えたんだ——リュックも時計もボトルの中の昆虫たちも引き連れて——ただし、嬉しそうに抱きついていた縦ロールの姫君だけは置いてけぼりで。

「どうして田圃の虫けらなんかが私の悠有と一緒にタイムトラベルできて、この私は無視されるのよ！　納得いかないわよ！」

「もしかして……高等生物は駄目なんじゃないのかな」と涼。「ほら、超能力ものでさ、他人の意識が邪魔して働かないとか、そんな設定ってよくある——」

「却下よ！　非合理だわ！　そもそも誰がどこから高等だと判断するのよ⁉」

涼は死にかけた子犬のように身をすくめ、ぼくとコージンは（被害がこちらに及ばないように）目をそらしながら、大して合理的でない慰めの言葉をつぶやいた。

にしても、どうしてこいつは、いつも饗子に叱られそうなことばかり考えつくんだろう。こいつが饗子に魂を奪われてるのは見え見えだった。ぼくだけじゃない。悠有のおばさんや、それどころかぼくの母さんでさえ、ほんの一、二回、涼の言動を観察しただけで、

——あの涼くんって、饗子ちゃんのこと好きなのね。大変だこと！

とかいって笑い出す始末なんだから。

涼ほどわかりやすい人間はいない。それはぼくらの間の共通認識だった。ということは、やつは饗子に苛《いじ》められたがってるんだろうか？

「まったくもう！」お嬢さまの怒りは、すぐに別方向へむかう。「ほんとうに真面目に

やってるの、悠有？」

「うん。もちろん」ぼくの幼なじみは足踏みをして、今にも駆け出しそうな構えをしてみせる。「前向きにがんばってるよ」

それから一人でケタケタと笑い出した。今のは冗談のつもりだったらしい。

饗子が延々と愚痴をいってるうちに、古びた灰緑色のオート三輪が一台、消失点の彼方からやってきた。

運転手の爺さんは日焼けした顔に思いっきり皺を寄せ、ぼくらをじろじろと見つめる。ぼくらはもちろんニコニコしながら手を振る。昨日とまったく同じように。

「すいませーん、また撮影中でーす、御協力感謝しまーす」

爺さんの怪訝《けげん》な表情だけがあたりに漂い、オート三輪は時速十二キロで去ってゆく。

この速度はかなり正確なものだった。なぜかといえば、ぼくは（饗子の熱心さと涼の従順な態度に無言の抗議をするべく）爺さんを見かけるたびに手許の機材で計測して遊んでたからだ。

面白いことに、爺さんは辺里市のどこを走っても十二キロを超えたことがなかった。アクセルが壊れていてスピードが出ないんだろうか。あるいは、中年サラリーマンの息子か大学生の孫が、勤労老人の事故を心配して細工をしておいたのか。ぼくは勝手に他人の家庭の事情を想像する。それはそれで、けっこう楽しい作業だ。

「ふん」コージンが尻のポケットに突っ込んである封筒を叩く。「これ、やっぱ要らなかったんじゃねえの」

封筒の中身は撮影許可証だ。地理学研の顧問の教師がわざわざ書いてくれて、判子まで押してくれた、正式なもの。——という設定で、実際はもちろん饗子謹製、立派な有印偽造私文書だった。

「うるさいわね」饗子はペットボトルをぼくらのほうへ放り投げる。のっぽの放物線を描いて、ボトルはぼくの掌に着地する。「万一に備えて努力を怠《おこた》らない姿勢が大事なのよ。結果で判断しないでちょうだい」

「へえー。てことは、さっきの悠有の結果は責められないってこと？」

「お黙り、卓人。私がいいたいのは、認識が存在に優先するってこと。誰かに見られることを意識しなくなったら、人間おしまいだわよ！」

と断言すると、饗子はしばらく空を見上げ、自分の携帯電話を取り出してもういちど同じ科白《せりふ》を繰り返した。

ぼくらは苦笑して顔を見合わせる。そして同時に、饗子の手の中から駅前の電話局を経由して〈お山〉の女子寮の一室に届いた電波は、音声信号に再び変換され、真白い電話機の中に記録される。

どこまでも忠実に飛び交う電波の大群を、ぼくは青空の中に思い描く。

「今のアエリズムは汎用性が高いね」

涼が嬉しそうにいった。

厳密にいえば、響子のサイトに掲載されるまでは正式なアエリズムとは呼べないし、便利さだけがアエリズムの優劣の基準じゃない。

彼女がいつもぼくらにむかって発する警句はラフなスケッチ、試し描きみたいなものだ。〈アエリスムス〉サイトに載せる時には、ちょっとしたエッセイほどに長くなってるし、切れ味も格段に違う。皮肉と諧謔、挑発的で大げさな修辞、現代文明への批評なんだか誹謗なんだかわからないような攻撃性。まあ、ふつうの大人が読んだら腹を立てること間違いなし。

だからサイトの掲示板に書き込みをするのは若いやつらばっかりだ。

賛同の言葉、感情的な反論、無意味な煽《あお》り、病的な脅迫、それから絨毯爆撃のようなコピー&ペースト。機能不全寸前の自由は、いつだってネットの素顔だ。〈謎の天才美少年・アエル〉はそれらの大半に慇懃《いんぎん》に応対する（もしくは優雅に無視する）。

アエルに認めてほしくて自己流の警句を書き込む連中も、大勢いる。半年に一つくらいは優秀作が出て、それらは「名誉アエリズム」として正式に採用される。そのへんは、いかにも饗子らしい対応だった。どんなやつでも相手をしてやる。目配りはこれっぽっちも不足しない。レスは付加され、リンクは増大し、視線はどこまでも遍在する。

そんなふうにしてアエリズムは増殖してゆくんだ。

けれど、やっぱり響子自身の作ったやつには敵《かな》わない。ぼくがいちばん気に入ってる例の「作品」も、彼女のお手製だった。

『自殺の文化史的進化に対抗せよ』——と饗子の指先が華麗に動き、パソコン画面の中でそんな文字が踊るのを、ぼくはたまたま〈夏への扉〉の窓際席から眺めてた。ほんの三ヶ月ほど前のことだ。

ヒトは常に社会を構成し、そしてまた何パーセントかの人間は必ず自殺する。自殺という技術に対して社会は常に脆弱《ぜいじゃく》であったし、今後はさらに脆弱となるだろう。なぜなら今や（技術進歩によって）「攻撃的な自殺者」が増大しつつあるからだ。これこそが真の人類史的脅威だ……異星人の侵略でも最終戦争でもなく、ましてや地球温暖化でもない。「諦めてしまった者」たち、「諦めさせられた者」たち。彼らが我々を巻き添えにして自殺しようとする、そのことこそが！　あの9・11の惨劇を見るがいい！　人類文明を、「攻性自殺者」からどうやって護るのか。これこそが我々に課せられた使命であり難問なのだ。——ここで僕、アエルは一つの提案をしよう。僕たちは「来世」を開発するべきなのだ、と。なぜなら「死後の生」は（自殺のコストを押し上げるという意味において）倫理的に正しいからだ……たとえこの物理宇宙に存在しないとしても。ならば、科学技術でもって「来世」を構築するべきではないのか。それが駄目なら、せめて利他的な脳を（新皮質のどこかに間借りするなりして）僕たちは「増設」するべきだ。そもそも現在のヒトの大脳にはバグが多すぎる。ＯＳを変更しろとまではいわないが、パッチくらいインストールしても罰《ばち》は当たるまい。「来世」が駄目なら、せめて記憶力を増強しよう。膨大な「他人」を、群れとしてではなく、顔も歴史もある個々人として識別できるようにするのだ。そして同時に個々人が数十ヶ国語を修得できるようにして。

……

——だから卓人、あなたはかろうじて新世紀人類の雛形くらいにはなれるわね。

と、その文章をネットにアップしながら、饗子は宣言したものだ。

実をいえば、語学の才能がほんとにあったのはコージンのほうだった（もちろんこの時はまだそんなこと知らなかったけど）。

ぼくは単に暗記が得意で、母親が異常なほどに語学教育に御執心だっただけだ。引っ越すたびに、母さんは外国人のベビーシッター兼家庭教師を見つけてきては、ぼくの脳味噌に新しい言語を流し込もうとした。英語、ドイツ語、フランス語、タイ語、ペルシャ語、イタリア語、ロシア語、フィリピノ語、広東語、それからなぜかラテン語（これは春日部のアパートに住んでた時、隣の部屋にいた元修道士の青年が担当してくれた）。

もちろん、全部マスターできたわけじゃない。挨拶以上のところまで身についたのは英語とラテン語だけで、それもたまたま引っ越したあとでも家庭教師役とつきあいがあったからだ（ちなみにこの二つは、中三の秋にボルヘスを読もうと思いたった時ずいぶん役立った——教訓：英語とラテン語が多少わかれば、スペイン語くらいは強引に解読できる）。そんなわけで、その時ぼくが口にした感想というのは、

——饗子の新人類育成のために、うちの母さん進呈しようか？

だった。

饗子のやつがひどく腹を立てたのは、いうまでもない。

「自分の意志でコントロールするのよ！　やればできるの！　祈るより働け、よ！」

ぼくらの女王様は哀れな時間跳躍少女の肩をゆさぶって、気分はすっかり鬼コーチになっている。

「祈り且《か》つ働け、じゃねえのかよ」

「コージン、あんたなんかにカソリシズムの本質を講義される謂《いわ》れはなくってよ。さ、悠有、いいこと？」

「うーん、いいけど。でも」

「一緒に『跳ぶ』のはあとでいいわよ。まずはきちんと制御することからね」

「制御ってんなら」ぼくはいう。「そろそろ過去に『跳ぶ』練習もしたほうがいいんじ

やないの？　さっきから未来向きばっかりじゃん」

「お黙り、卓人！　よけいなことといって、悠有を混乱させないでちょうだい！」

でも、それは本当のことだった。

最短〇・三秒、最長二・二秒。

ぼくらの目の前で、悠有は消えて、現れる。

けれど、二人の悠有がお互いを見つめて小首をかしげるっていう光景は、一度として現出していなかったんだ。

もしかしたら、その時ぼくらは事の重大性を、もう少し真剣に考えてみるべきだったのかもしれない。

でも、そうはしなかった。

未来へ『跳べる』んだから、当然過去へも往けるにちがいない。多少やり方が違ったとしても、要はコツをつかめばいいだけの話だ。自転車で後進したければ、ペダルから足を外して地面を前へ蹴る。それだけだ。それがまだできてないのは、悠有の慣れの問題なんだろう。なにしろ未来へ『跳ぶ』のも自由に制御できてないくらいなんだから。

云々。ぼくらは対称性という砂場の中で遊ぶ子供だった。

かくして饗子は両手を振り回しながら叫び、涼はメモを取り、コージンは機材を運び、ぼくは全力で傍観者の役割分担をこなしていたんだ。

「さあ悠有、『跳び』なさい！　自分の意志で！　皆の見ている前で！……」

ああ、なんて呑気《のんき》な時間だったんだろう、あれは。

17

ちなみに、悠有が初めて自分の意志で『跳んだ』歴史的な瞬間を、饗子はすでに見逃してた。

例の火事で事件が終わるまで、ぼくらはそのことを知らせずにいた。なぜかというともちろん、怒られるのが嫌だったたから。ちなみにこの場合のぼくらというのは、ぼくと悠有とコージンのことだ。

それは、駅前商店街のほぼ真ん中でおきた。

悠有とぼくは〈夏への扉〉のための買い出しの途中だった。トリブルをあつかってる店だけを巡っていたから、ルートは（水路地をうまく活用しても）けっこう手間がかかる——そんなわけでぼくは少々気分が落ち込み気味だった。とにかく上手い凌ぎ《ハッキング》じゃない。

おまけに表通りに出たら出たで、あいかわらず整備不良のママチャリの群れ。悠有のやつは、ぼくのしかめっ面をひとしきりからかってから、急に口調を変える。

「あのね。最近の悩み事、その一」

「なに?」

悠有がものを考える時は、問答の相手が必要らしい。ちょうどテニスの壁打ちのように。言葉は幾度も跳ね返って、いずれはプレイヤーの腕前は上達する。はずだ。たぶん。

「有人宇宙開発ってね」

「ああ」

「どうしてやらなきゃいけないんですかって訊ねてくとね」

「うん」

「最後はやっぱり『地球が滅んじゃっても人類が生き残れるように』っていう話になるじゃない?」

「まあな。さもなきゃ、これはDNAに刻まれてる種としての願望なんです、とか」

「うん、そんな感じ。でもそれって、『死にたくないです』ってことの言い替えでしかないんじゃないのかな。どう?」

「かもね」

「じゃあ、こういうのは? もしも人類の残りエネルギー消費量だか種としての寿命だかがあと一世代分しか無いって分かっちゃって、宇宙に進出して滅びるのと、地球に今生きてる人たちの生活を向上させてから全滅するのと、どっちか選ぼうってことになったら、みんなどっちを選ぶと思う？」

ぼくは、すぐには答えない。悠有にしてはずいぶんと複雑な論理だ。あの名前のない不安が喉のあたりを再びくすぐり始める。

「ねえ、どう？」

「きっと宇宙に進出だろうな。そのほうが格好良いし」とくに理由もなく、ぼくは『アルマゲドン』の一場面を思い出す。俳優たちをスローモーションで歩かせて音楽を盛り上げれば観客の大多数は感動するのだ……という製作者ブラッカイマー氏の人間洞察を、実をいえば、ぼくはそんなに嫌いじゃなかった。そりゃあ格好悪いよりは良いほうがマシに決まってる。「座して死を待つのは万物の霊長たる人類の運命ではない、とか何とかいって」

「うん、だよね。でもさあ、個人の安楽死がＯＫなんだとしたら、人類まるごと、残りの人生の質の向上につとめても悪くはないよね。てことは、宇宙に行きたい人は安楽死を認めないのかな？」

「…………」

「てなことを饗ちゃんが昨日電話でいってたんだけど、タクトどう思う？」

「……ふーん」

「びっくりした？」

「してない」

「嘘だあ」

「してないって」

その時ぼくらは駅前繁華街のほぼ真ん中あたりにいた。

辺里の繁華街は、おおよそ善福寺川と平行して北西へ伸びる二本、つまり〈シルバー・ストリート〉と〈ゴールド・アベニュー〉からなっている。これと直角に交差してるのが〈昭和通り〉〈パークウェイ〉〈栄通り〉等々、ちょっと細いけど新旧の店でいっぱいの商店街。口にするだけでもむず痒くなりそうな陳腐な名前だけど、そうなんだからしょうがない。

〈シルバー〉と〈昭和〉の角には古い時計屋があって、ぼくらはちょうどその大きなショーウィンドウの前を通りかかるところだった。

先に気づいたのは、ぼくのほうだ。

〈昭和通り〉のほぼ真ん中、時計屋から五軒くらい先のローソンの前。直線にして、およそ十五メートル。

茶髪とも金髪ともつかない連中が四、五人と、一人だけパンチパーマにピンクのYシャツがいた。茶髪たちはたぶん幡南《はんなん》商業の連中か、そこさえも一週間で落ちこぼれた元同級生だ（見下してるわけでもないし、根拠のない憶測でもない……地方の小都市においてどうにも変えようのない現実は確かに存在してる、それだけのことだ）。けれど茶髪を左右に従えたパンチの男は、メダカの群れの中に一匹だけ紛れ込んだ鮫だった。

そして、そんな目つきの悪い魚群にしっかり取り囲まれてるのは——どこかで見たことのあるような、背の高い、同じくらいに目つきの悪い、スーパー〈アラキ屋〉の跡取り息子にしてぼくより二歳年上の同級生。

「……コージン？」

悠有がぼくの袖をつかんだ。

コージンのやつは、まだこっちに気づいてなかった。それどころじゃなかったのは間違いない。

耳障りな声で怒鳴っていた茶髪の一人が、腕を大きく動かしたように見えた。

コージンが急にバランスを崩して座り込み、入り口前の白くて大きな『燃やすゴミ』の箱に背中と後頭部をぶつけた。ゴツン、という小さな音が聞こえた。十五メートルの隔たりが、その音をひどく小さくて無害なものに変えてた。座り込んだんじゃなくて殴られたんだ、と理解するまでにたっぷり一秒はかかった。

その一秒のあいだに、いくつかのことがおきた。

悠有がコージンの口元を、じぶんの袖で拭いてた。取り囲んでいたやつらを下から睨んでる。短い髪が、ほんのかすかに揺れている。一歩だけ前に踏み出して、すぐまた立ち止まったみたいに。

コージンが立ち上がろうとして、動きだす。茶髪連中は、拳を中途半端にふりあげたまま、ばかでかい綿飴に殴られたみたいな間抜け顔。パンチパーマは下唇から爪楊枝をだらしなく垂らしてる。

同時に、小さな突風が爪楊枝を吹き飛ばした——悠有の出現がおこした風だ。ぼくは気づいた。高一の女の子ひとり分の質量が、同等の体積を占める空気を……時空を押しのけたんだと。

そしてぼくは、これっぽっちも動いてなかった。


ぼくと悠有のあいだの距離は、一瞬で十五メートルになってた。


とばされたのよ、という萬田の言葉がどこかから聞こえた。こんな田舎の街。ぜったい出てってやるんだから。あたしたち、とばされたのよ。とばされたのよ。

パンチパーマが一言唸って、悠有の肩を突き飛ばそうとしていた茶髪を寸前で止めた。

低くて、いわゆるドスの効いた声で……けれど、不思議なくらい寂しそうだった。——仕事さぼんならよ、せめてそのぶんノリコに花でも供えてやれや。コージンを斜め下から見上げながら、彼はそんなふうなことをいった。知るかよ、というコージンの答えのほうはひどくはっきりと聞こえた。べつに、ぼくの耳の性能がとつぜん向上したわけじゃない。やつの声が大きかっただけだ。

ローソンの中から青い縦縞の制服を着た中年のおばさんが心配そうに出てきた。どういうわけか、手には辛子明太子らしきおにぎりを二つ持っている。ぼくもまた理由もなしに、おばさんの手の中の商品をじっと見つめた。いつのまにか茶髪とパンチはいなくなってた。悠有が、おばさんにむかってペコリと頭を下げてから、無言のままのコージンの腕をとってこっちに引っぱってきて——だからつまり、事の最初から最後まで、ぼくは一ミリも動かなかったことになる。

「なんだよ」ぼくは悠有にむかっていった。できるだけ軽い調了で。「置いてけぼりかよ」

それはまったく正しかった。

ぼくは置いてけぼりになったんだ。三・二秒以下、十八・四メートル以内の範囲で。全宇宙と一緒に。

「え？」

悠有の返事で、ぼくは察知した。彼女はまだ何がおきたのか……じぶんが何を成し遂げたのか、気づいていない。

「なにが?」

「いや、べつに。で、今の寸劇は何事?」

コージンにむかってぼくは訊ねる。もちろん、詳細な返事を期待してたわけじゃない。実際、そんなものは返ってこなかった(なにしろ相手はあのコージンなのだから)。だからといって、黙ってるのはもっと嫌だった。教訓……人は意味を消費する生物であり、ゆえに静寂は苦痛となる。

「仕事断わったら、殴られた」

「断わ……?」

「第二段階だからな」

それだけいって、やつは黙った。

やつの頬が震えてた。ほんの微かに。けれどそれで充分だった。ぼくは理解した。今のは、やつにとっては重大な一瞬だったことを。

たった今、やつはとてつもなく重大な選択をしたんだってことを。

——悠有が初めて『跳んで』以来、饗子の情熱は加速を続けてた。それにつき合うためにコージンは夏休みの予定を変更するといった。つまり、それまでは何か他の予定があったことになる。さっきの、顔面威嚇能力だけを武器にして生きてるようなパンチ男と茶髪連中（そして連中はきっとこれからもそれだけを頼りに生き続けるんだろう……いつか自分たちよりも強い得物を手にした別の連中に出くわして、あっさり命を落とすまで）に関係する仕事の予定が。そして連中は、コージンの提示した新日程を認めず、当初どおりの仕事の完全実施を要望してきたというわけだ。

連中がどういうやつらなのか……コージンとどういう関係なのか……断ったのはどんな仕事なのか。パンチが最後にいってたことは何だったのか。ノリコってのは誰なのか。ぼくには分からなかった。そして訊ねなかった。ぼくは探偵じゃないし、コージンの母親でもないんだから。やつは単にぼくの知り合いで、同じ部活の幽霊部員で、たまたま〈プロジェクト〉に参加するはめになった被害者同士ってだけだ。コージンについて、ぼくは噂以上のことはほとんど知らなかった。そう、根拠薄弱な噂の数々——ぼくはそれらを一瞬で思い出し、すべてまとめて心の右隅のゴミ箱に放り投げた。毎週金曜の夜、コージンが水天宮公園の西隅でドラッグを売りさばいている話（それが嘘だってことは、やつの行動を毎週見ていればわかった）。県南の暴走族を裏で一手に仕切っているという話（これも嘘だ）。襟首から背中にかけて鬣《たてがみ》みたいな毛が生えていて、いつか天下をとるにちがいないという話（これは本当だろうが嘘だろうが、はっきりいってどうでもよかった）。とるに足らない、いくらでも反証可能な噂。けれど街の誰もが耳にして、大半は素直に信じてしまっているたくさんの噂。

——そのなかに、ほんのかけらでも『ノリコ』なんていう名前が出てきたことはなかった。

(知らないんだ)

(こいつのことを、ぼくは何も知らないんだ)

ぼくは理解した。そして体が震えた。

震えは止まらなかった。茶髪のやつらの粗暴な振る舞いに、じゃない。ぼくが何も知らないということ……にもかかわらずコージンの生活がそこにあること……ぼくらとは関わりのない、彼だけの時間と空間がそこに厳然と存在していること……それを初めて実感したからだ。

ぼくは傍観者だった。傍観者にされていた。

やつの人生の決定的な一コマの。

ぼく以外の誰かの時間の。

そしてそれは、まったく気持ちのいいことじゃなかった。


「タクト?」

悠有が不思議そうな顔をしてぼくに何かをいいかけたとたん、〈シルバー・ストーリート〉の西端にあるアーケード街のほうへ消防車が数台突っ走っていった。

あたりの買い物客がサイレンを追ってふりむき、幾人かはアーケードのほうへ駆けていく。時計屋からも親爺が飛び出してきた。ぼくらは動かなかった。ただぼんやりと、商店街の屋根のむこうにほっそりとのぼる黒い煙を眺めてた。

事情は、ほぼ予想どおりだった。

「放火だとよ」しばらくして戻ってきた時計屋の親爺から話を聞いたコージンが、いった。

「ほんとに？」と悠有。

「またか」ぼくは指折り数える。「今月、もう四回目じゃん」

攻性自殺者なのよ、と記憶の中の饗子がキーボードを叩いて笑った。相撃ち覚悟のニヒリスト。摩天楼に飛行機で突っ込むやつもいれば、街に火をつけてまわるやつもいる。誰かがこの街を憎んでるな、とぼくは小声でいった。嫌だね、と悠有は応えた。そんなのなんだか嫌だね、と。

けれどコージンの意見は違った。

「違うぜ」街灯と監視カメラのむこう側、〈シルバー〉のアーケードから立ちのぼる煙を見つめたまま、やつはいったんだ。

「何が？」

「憎んでんじゃねえよ」

「じゃ何だよ」

「気にしてんだよ」

「?」

「相手が気にしてくれねえと。そういうもんだろ」

ぼくは見上げる。コージンは、びっくりするくらい真剣な顔だ。ぼくの背骨を電流がはしる。自分よりも素早く正解にたどりついたやつへの、心地よいくらい鋭い反感。追いかけるように、喉の奥がくすぐったくなる。

放火犯のことをいってるんだと、その時は思ってた。

しばらくあとになって、あれはやつを取り囲んでた連中のことかもしれないと、ぼくは考えた。そしてさらにもっとあとになって——夏の事件がすべて決着し、何年も経ってから——ふと、ぼくは気づくことになる。ぜんぜん別の誰かのことを、やつはあの時いってたんじゃないのか、と。

のっぽで、寡黙で、たくさんの物騒な噂を勲章代わりにぶらさげてる、不良高校生自身のことを、いってたんじゃなかったのかと。

「……こっちがいくら相手を好きでも、相手がこっちを好きになってくれない時ってのは、そういうもんだろ」

18

登山シーズンが本格的にやってきたのは、商店街の一件のちょっと前だった。より正確には、登山客のシーズンが。

ぼくらにとって、山は、『ぼくらの街のまわり』というだけだった。雲を溜めて、排気ガスの流れ道を塞いで、高速道路建設の邪魔をする、それだけのもの。いつもそこにあるだけで、特にどういうこともなく、ということはつまりそこに無いも同然のもの。

でも登山客のみなさんがたにしてみると、あの山脈はたいした代物であるらしい。夏になると、商店街はちょっとだけ活気づいた——木彫りの人形が店の前を飾り始める。絵葉書が回転式のスタンドに並ぶ。登山記念スタンプとインク台が、棚の奥から戻ってくる。元気そうなおっさんたちが駅の階段を下りてくる。羽飾り付きの帽子と、縞模様をした厚手の靴下と、色とりどりのリュックサックが街のあちこちに芽吹いて、それはたしかにちょっとした見物だった。もちろん毎年のことだから、そんなに驚くべきことじゃない。それでも、風景が変わるっていうのは、まるで街全体がとってておきのソフトを起動させたみたいで、やっぱりそのデモ画面くらいは眺めてしまうんだ。

登山客はやってきた。とにかく、やってきた。他の街から、隣の県から、全国から、ついでに海外からも。

そして商店街にお金を落としていく。

なんだかまるでフトデモンみたいだね、と悠有がいったことがある。中学のころだ。

——正しくは「ふと出もん」とか、「ふと出者」とも書く。他の地方だと、この言葉は「ある時とつぜん居なくなる人」を指すんだそうだ。神隠しとか、天狗に攫《さら》われたとか、まさしく「ふと出ていって帰らない」やつ。

けれど、辺里市を含む県南一帯では、山の中から出現する謎の迷子のことを意味していた。とつぜん現れて、村人に不思議な財を与える存在。どっちかっていうと、マレビトに近いのかもしれない。

それをヒントに、あのころ涼は（江戸時代の記録や民間研究者の聞き書きを集めまくり、システム手帳を書き込みで満杯にしたあげく）、日本中の失踪者は幻の山岳民族に導かれてこの土地に集まってくるにちがいない……という大胆な仮説をたてたことがある。

どれくらい大胆かっていうと、あの饗子が、

——素敵！ 素敵だわよ、涼！

と笑い転げたくらいの出来だった。

褒められたんだと涼が勘違いしたのは、横で見ててもわかった。ぼくは笑い出すのを

必死でこらえた。涼のやつはまるで気づいてなかった。饗子の真意にも、ぼくの真っ赤

になった顔にも。

そのせいかどうか、やつの山岳民族熱は、まるで間欠泉みたいに中学卒業まで続いて

った。街の北にある〈ひょうたん山〉まで探検に行くはめになったのが三年の秋で、あ

の時、悠有が足を踏み外して斜面を十メートル滑り落ちなかったら、たぶん今でもその

熱狂は続いてただろう。

悠有が探検につきあったのは、ぼくが（暇だったんで）涼についてったせいだ。だか

ら責任の半分くらいは、ぼくにあるのかもしれない。でも涼のやつは全責任を負うと宣

言した——悠有が泥だらけで〈夏への扉〉に帰り着いた時、やつはおばさんにむかって、

いきなり何の前置きもなしにそういったんだ。

おばさんは、すこしも怒らなかった。びっくりした感じでもなかった。ただ、ひどく

哀しそうな顔をしてたのを憶えてる。それから、

——あんまり〈ひょうたん山〉には行かないほうがいいわね。神隠しに遭うかもしれ

ないのよ。

って、そんなふうにつぶやいたのを。

日本中世史を書き替えるはずの『幻の辺里山岳民族仮説』は、その晩のうちにまさに幻の如く終了した。でも、やつが集めてた史料とか地図とかはきっと今でも机の奥深くにしまってあるにちがいない。「饗子に褒められた」栄光の日の勲章として……そして仲間を危険な目に遭わせた悔恨の印として。

勘違いも宣言も後悔も、ぼくだったら絶対にそうはやらないって感じの話だ。

でもまあ、涼ってのはようするにそういうやつなんだし、それはそれで幸福なんだと思う。


そして……コージンほど劇的ではなかったけれど……ぼくも第二段階が本格化する前に、バイト先へ断りを入れる必要があった。KABAサイクリングは貸し自転車屋も兼業してて、この季節にはけっこう忙しくなるからだ。

「ちょっと合宿に行くことになったんで」

そう伝えると、親爺さんはいつもどおり店の奥にある丸椅子に腰を下ろし、これまたいつもどおりに、

「へえええ」

と、ツルツルの頭をぴしゃりと叩いた。隣の定食屋の有線から、元気がいいくせにや

たらと哀しそうな歌声が聞こえてきた。しばらく考えてから、ぼくはそれがソニンの『カレーライスの女』だってことを思い出した。

「おまえさん、地理研と違わせんかったか？　合宿なんかしてまうんか、あのクラブ」

「部活じゃなくて。友達のところに泊まるだけだよ」

「ほおおん。そらまた偉いこっていかんなあ」べつに、何がどう偉くもいけなくもなくて、単にそれは爺さんの口癖だった。「どんくらい？」

「一週間くらい、とりあえず。夏休みのプロジェクトでね」

「プロジェクトなあ。そら偉いこった」

「まあね」

「ああ、ほんまに」

「うん」ぼくは適当に肩をすくめる。「若旦那は？」

「ん？　ああ、あいつかあ。商店街振興《しんこう》会の緊急なんとかいうてなあ。ちょうと会館まで」爺さんは痩せた腕をのばし、街の中心部とは九十度ほど間違った方角を指さす。

「議員さんたちも大変だね」若旦那から抗議文書を手渡される老人たちの顔を、ぼくは想像してた。

　でも、抗議文くらいなら、まだかわいいもんだ。過去数年分の粗筋《コース》が、ワイドな液晶画面でぼくの脳内に再現される。土建屋の経理担当が雲隠れしたこと。東京から市民団体の皆様が押しかけてきたこと。KABAの若旦那を筆頭に商店街の皆さんがリコール運動を開始し、怪文書が飛び交い、右翼の街宣車もやってきて（ナンバーから察するに遠路はるばる福岡からお出ましだった）、仕上げは公聴会の真っ最中、脂ぎったおっさんたちがとっくみあいの大喧嘩。

饗子だったら、目を背けて吐き気を我慢するところだ。

悠有だったら……悠有だったら、どうしただろう？

「いんや、今日は川の話じゃのうてなあ。ほれ、最近不審火が多かっていかんかったろう」

「そうみたいだね」

「ちょことは真面目に対策考えなあ、て。『寿司まさ』が音頭とってな、ちょこと自警団でもつくって見回りしょう、いう話が出てまって」

「へえー」ぜんぜん驚かなかったといったら、嘘になる。あの寿司屋の御主人は昔から商店街一のぐうたら者で、毎年の盆踊り大会にも必ず遅刻してくるってことで有名だったからだ。「そりゃちょっとすごいね」

「ああ、まあそうだなあ。なんだまあ、文字どおり尻に火がついてまった、てぇやつかなあ」親爺さんは可笑しそうに頭を叩く。見た目は優しいくせに邪悪なユーモアのセンスの持ち主なんだ、この老自転車屋さんは。

「それってもしかして」

「まあそういうことかなあ。こないだのボヤで、鰹がいい具合に焦げてまってなあ、ひひひ」

「笑っちゃ悪いよ」

「いやまああ、そうなんでいかんわなあ。——でな、将夫《まさ》のやつ、わって飛び出た時に、犯人らしい男の逃げてくんのを見かけた、いうてな。箒《ほうき》だか鉄パイプだか、つかんで追いかけたんけど、横道へスルスルて入っていかれてまってな、ほれ、あすこの……なんていうんかなあ、郵便局の裏あたりから、曲がりくねりしとる細っこい路地が幾筋も」

「わかるよ」水路地だ。ぼくは頷く。

「うんうん。まあそこを、こう、スルスルっとなあ。だいぶん追いかけたんけれども、取り逃がしてまっていかんでなあ。で、あんな裏路地知っとるからにあ、こりゃ地元の人間だってことになってなあ」

もちろん、ぼくはそこでこう答えるべきだったかもしれない。親爺さん、あれは水路地っていうものでしてね。あそこだけじゃなくてこの街のあちこちにある、古い川の名残なんですよ。上手に使えば便利な抜け道として大変重宝するんです。どうしてそんなに詳しいかって？　そりゃもちろん、ぼくは半年前からこの抜け道のことを秘かに研究してましてですね。

なんてことを今ここで親爺さんにいったらば、数時間後には同じ説明をもういちど(辺里署の地下の狭い部屋でカツ丼を食べながら)繰り返す羽目になるのは百パーセント確実だった。

親爺さんを信用してないとか、嫌ってるとか、そういうわけじゃない。というより、むしろ気が合うほうだ。本は読まないけど、人の話を聞くことはできるし、この歳でモンティ・パイソンを理解できるってのも悪くないと思う。

けれど、彼は大人だった。そしてぼくは大人じゃなかった。そういうことなんだ。

ぼくらの間には、半世紀ぶんの相互誤解が積もってる。

彼の見た八月十四日の空襲を、ぼくは知らない。戦後の復興とかいうものを、ぼくは知らない。バカヤロー解散と大阪万博とオイルショックを、ぼくは知らない。それと同じくらい、彼は(そして彼らは)ぼくらの現在を知らない。たとえ同じ時間をすごして同じ事件を見ていたとしても。ジャンボ機が摩天楼につっこみ、シャトルが大気圏に再突入しながら燃え尽きる、そんな映像をいっしょに観てたとしても、ぼくらと彼らはきっと違うものを観てる。

ぼくらはお互いに時《T》間旅《T》行者だった。

時と処を隔てて、ぼくらは偶々《たまたま》ここで時間線をかすめさせてるだけの、あんまり相互作用をしない粒子だった。

——まあ、ようするにぼくは素直な高校生じゃなくって、かなりヒネた餓鬼だったってことだ。こればっかりは、どうしようもない。

黙ったまま、ぼくは適当に相槌を続けた。

それをどう受け取ったのかわからないけど、親爺さんは、またピシャピシャと頭を叩いてから、店の隅にある灰緑色の塊を指さした。

「合宿行くんなら、あれはどうしょうかね。もうだいぶん完成しとるし、なんなら今からささっと作ってまって」

それは、ものを知らない連中にとっては、ただの古ぼけた子供用自転車に見えただろう。

ちょっと太い針金をあやとりの橋みたいに組み合わせたような、触っただけで折れ曲がってしまいそうなフレーム。おもちゃのように小さなタイヤ。革のサドルも片手の掌に乗るくらい。ハンドルは下に向けてひん曲がっている。けれど実際は、なかなかけっこうな値打ちものだ。フレームは中古のモールトンAM16、サドルとハンドルはKABA謹製、ギアはミギワが廃業直前につくってた前3×後8。どの部品もそれなりにガタがきてるから実際に道を走るのは危険なのだけど、そこんところは問題ない。これに乗って走ることはないんだから。

「うん、でも、まだフロント・キャリアとかデザイン考えてないし。切株村のまわりは沼沢地《しょうたくち》だから、いい泥よけも必要だし」

ちなみに切株村ってのは辺里市周辺の自治体名じゃない。もう少し正確にいうと、現実世界に存在する場所ですらない。ホビット庄が本当にあったらよかったのに、という意見に僕は賛成するけど、無いものは無いんだ。ぼくらにできるのは、せいぜい幾度もジャクソン監督の映画を観に行って、関連書籍やＤＶＤを買って、ネットで感想を語り合って……それでも満足できない凝り性なやつは、架空の世界を散策するのに理想の自転車を設計したりすればいい。そして、ぼくはけっこう凝り性なのだった。

勘違いしてほしくないのは、ぼく自身が乗り回すつもりがないのはもちろんだけど、これを造りあげたらどこからともなく謎の声が聞こえて、かの美しき架空の丘陵地帯が眼前に現れて……なんていう妄想を抱いてたわけでもないってことだ。

この二輪車はあくまでも、ホビットたちが日常的に使うための実用的な品物を合理的に考えてみて、それをちょっと組み立ててみただけだ。

べつに、ホビット向けのじゃなくてもよかった。店の裏の倉庫には他にもたくさんの設計図がしまってある。例えば、南極に秘められた狂気の山脈を往くためのＭＴＢ。オセアニアでビッグ・ブラザーと一緒に乗れる二重思考タンデム車。火星を半周する壮大な〈船乗り峡谷《Valles Marineris》〉走破専用ロードレーサー。ゴーメンガースト城内を（無限に）散策する、ゴシック調旅行車《ランドナー》。バベルの図書館を周遊するための本棚付き一輪車。

　若旦那はそれらを見るたび首を傾げた。親爺さんだって、たぶんぼくの意図を半分も理解してなかったと思う。それでも二人はずいぶん協力的だった。

　そりゃそうだろう。なにしろぼくは、現金給付が半分で済むうえ、中古部品を次々引き取ってレストアしてくれるバイト君なのだ。文句のつけどころがあるはずもない。

「ははあ。そういうもんかなあ」親爺さんはちょっと不満そうだ。もしかして、ぼくに引き取ってほしい不良在庫があるのかもしれない。

「そういうもんだよ」

「そういうもんかあ。まあ、もし完成させてまうなら、今日は裏のほうも空いとるでなあ」

「いいよ。べつに」

「いいんかね？　ほんとに？」

「うん」

　わかってもらえるかどうか、わからない。

　ようするに、ぼくは想像の世界を駆け巡る自転車を造りたくて、でも同時に造りたくなかったんだ。造り終えてしまうのが嫌だったんだ。

最良の自転車は、いつでも青写真の中に眠ってる。実現してしまった作品は、どこか輝きを失ってしまう――というのが、昔からぼくの中にある強迫観念、ぼくの頭の中に巣食っている厄介な天の邪鬼《レプラコーン》だ。

正直いって、あまり好みの同居人じゃない。でも、そういう性格を直そうとしたこともない。

なぜかって？

簡単な話だ。もしもそいつを追い払ってしまったら……次にどんな奇妙な強迫観念が入れ替わりに引っ越してくるか、わかったもんじゃないからだ。次のやつが以前よりもマシだという保証はどこにある？　その新しい同居人にぼくが耐えられるという保証は？　そして次々と入居希望者がやってきて、列をなしたとしたら……まるで鉱一さんの中で周期的に変容する『現実』のように？

「そうかそうか、うん」

親爺さんはそういいながら、自転車を返しに来た観光客の応対をするために、入り口のほうへひょこひょこ歩いていった。

「まあ、それもいいだろうなあ。……できるていうのと、やり遂げるていうのは、だいぶん違うことだもんでなあ」

——彼の最後の一言は、天の邪鬼《レプラコーン》の隣にちょこんと座って、ずいぶんと長いあいだ動こうとしなかった。

19

一連の事態の帰還不可能点はどのへんだったのか、あとになっていろんな人が議論してるのを読んだことがある。

ぼくらに他の選択肢はなかったのか。ぼくらの本当の狙いはどこにあったのか。なぜ、あんなことになってしまったのか。わざわざ直接訊きに来た連中だっている。本当の話だ。

なぜ？　そんなの、ぼくにだってわかるわけがない。

けれど、事態がほんとに動きはじめた日時は指摘できる。八月六日の午後四時、〈夏への扉〉だ。

理由は簡単。

その一、合宿の実施を決めたのが、その日だったから。

そして理由その二。例の脅迫状の話題が最初に出た日だったからだ。

六日の午後、急に土砂降りになったんで実験は中止。ぼくらはいつもの席にだらしなく座って、無駄にエアコンの除湿機能を満喫してた。

BGMは珍しくサイモン&ガーファンクルのBleecker Street。大画面には二週間遅れのツール・ド・フランス第十七ステージ、クナーフェンが最初からとんでもない大逃げをしかけ中。

おばさんは、

――勉強したら？

と恒例の（そして正当な）苦言を呈しながらも、満面の笑みとともに、とっておきのフルーツパフェを全員に出してくれた。

「科学的思考って不毛だわ」

というのが、饗子の提示した『本日の議題《テーマ》』だった。

原因はただ一つ、涼のやつだ。悠有の実験データは、ぼくらの眼前に嫌んなるくらいたっぷりあった。けれど饗子の欲する結論はどこからも姿をあらわさず、代わりに涼の疑問符ばかりが手帳いっぱいに増殖することになった。

なぜ悠有の『跳躍』に背中のミズスマシと腸内細菌（たぶん）はついて来れるのか？

なぜ人間や猫では駄目なのか（眠たそうなペトロニウス＝フェシャ＝ジェニィを店から

借り出して悠有のデイパックに詰めてみたのは、饗子のやつが激怒した直後だったんだけど）？　なぜ地球の自転や公転とぴったり一致して『跳べる』のか？　なぜ、きちんと衣服も一緒に『跳躍』するのか？　悠有の能力はどうやってその区別をつけているのか？　まわりの空気は一緒に『跳んで』いるのか――さもなければ悠有の皮膚やシャツは時空の裂け目に直接触れていることになる――ではどうして猫も饗子もついていけないのか？　それよりなにより……

「エネルギー保存則はどうなるのさ？」

いつもの席で、涼はいつもの手帳を開き、これ以上ないくらい真剣な顔だ。青ざめてるといってもいい。

「なんで？」と、ぼく。「問題ないだろ、悠有は消滅してるわけじゃないし。質量は一定じゃん」

「そりゃ悠有自体はそうさ。彼女の視点からすればね。でもさ、ぼくらのほうから見たらどうなる？　『跳んで』るあいだ全宇宙の総質量は、数秒間、悠有の分だけ減ってるじゃないか！」

ぼくと饗子が同時に笑う。なるほど、つまりこのハンサムな三男坊は、とうとう宇宙全体の健全性を心配し始めたってわけだ。

「なにがおかしいんだよ、二人して」

「いや、おまえの心配性ってどこまで拡張すんのかなって。あのさ、宇宙ぜんぶって話なら、そのくらい誤差範囲じゃないの？　どのみち相対論的スケールで『今』なんて定義できないし」

「いや、そんなことないって！　仮にそうだとしても、これはローカルな系の話で——つまり古典力学の範囲だってことで——同時性の概念はじゅうぶん有効なんだから、保存則もその範囲で考えれば」

「せんせーい」悠有がパフェをぱくつきながら右手を挙げる。「わかるように説明してくださーい」

「へいへい。つまりだね」

ぼくはできるだけ簡単に説明しようとする。

『今』というのは大きな段ボール箱で、悠有もぼくらも太陽系もその中に入っている。これは一定の質量だ。エネルギーと呼んでもいい。

段ボール箱は無数にあって、時間という名の細長い廊下を、過去から未来にむかって一列に並んでいる。ぼくらと太陽系とその他宇宙のあらゆるものは、過去の箱からすぐ隣の未来の箱へ、一箱ずつ、みんな一緒に跳び移る。全体の量は変わらない。ただし——

「——ただし悠有だけは箱から跳び出たあと、一気に三個くらい先に行って、みんなが来るのを待ってるわけ。だから、途中の箱に入ってる時にぼくらの重さを量れば、それは悠有のぶんだけ減ってる」

「ふんふん。なるほど」

「『なるほど』じゃないってば」涼が手帳をふりかざす。「だから保存則はどうなるのさ！」

「カウンターウェイトが、宇宙のどっかにあればいいんじゃないの？」ぼくは適当な思いつきを口にする。「悠有が『跳んで』る間だけ、同じだけの質量が火星の裏あたりに出現してんだよ。で、悠有が戻ってきたら今度はそいつが消えると。そういうアンチ・悠有でさ」

「でもそれだと超光速を認めることになっちゃうよ！」

「じゃ、もっと近場で。裏山とか」

「だからその場合でも同時性が……」

「んもう！」饗子が机を叩いた。「どこまで凝り性になったら気が済むの？　悠有の能力をさんざん見ておいて、質量保存も光速不変も何もないもんだわ。事実が先よ、目の前の事実。そもそも宇宙全体で保存則が成立してますだなんて、ただの人為的前提だわよ。違う？」

「そ、そんな無茶な——」

「なにが無茶よ。厳密にっておっしゃるのなら、エネルギーの保存は運動量保存則と引力の法則から導き出されるんでしょ？」

「……そうだっけ？」

「そうなのよ！　だからつまり運動量が保存しないか、重力が一定じゃないかすれば問題解決ってことだわ。さっと、宇宙のどこかで空間が相転移して重力定数が変わり始めてるのよ。さもなきゃプランク距離のちょっと手前あたりに、微細な斥力《せきりょく》がうろちょろしてるんだわ。そうに決まってる。はい、この話題おしまい！」

「で、でも……」

対等で活発な議論というよりも、それは饗子の言葉の水圧が、受験用に整頓された涼の理系精神を押しつぶす過程だった。

コージンのやつは紅茶のおかわりをもらいに席を離れ、ぼくと悠有は（数多の名前をもつ太った猫を撫でながら）圧壊していく涼を観戦した。話はだんだんと大きくなり、認識論をかすめて数理哲学へ突っ込んでいった。

「……それに、そもそも論理の格子《メッシュ》がこの宇宙の素材より肌理《きめ》細かいだなんて、誰が決めたの？」

「だ、誰がってそんな」

「でしょう？　決まってないのよ。それどころか、わたしたちの論理系のほうが現実よりも雑で、決定的な何かをとりこぼしてるかもしれないじゃないの。そうよ、そうだわ！　きっと私たちの脳の構成原理には限界があって、その中の論理系は時空間の緊密さよりも『緩め』に設定されてるのよ。だから悠有の能力を原理的に認識できないんだわ」

　おっと、これはもう我慢の限界だ。

　ぼくは思わず口をはさんでた。

「論理は、緩くなんかないじゃん」

「どうしてそんなことが断言できるの、卓人？　どんな論理系も、けっきょくは物理的な基礎の上にあるのよ。現実以上に緊密になれるはずがないわ」

「物理的基礎？」しまった、と思いはした。ほんの一瞬だけ。屁理屈で、ぼくが饗子にかなうはずはないんだ。けれど、もう引き返せない。「数学の本質は抽象だっての。そんな文化相対主義は、ゲーデル教徒としては認めらんないね」

「あら、パリスとハリントンの成果をご存じないの？　チャイティンでもいいけれど。今では自然数論の中にだって、確率的な真実が潜んでいてよ？」

「それとこれとは違うだろ」

　やばい、と気づいてても、ぼくは引き下がらない。涼のやつは、高そうな万年筆で手帳にメモってる。ちぇっ、誰のせいだと思ってんだ？

「あ、そう。それなら質問させていただくわ。例えば、数学をこれ以上ないくらい抽象的にして、意味とか解釈から切り離したとしても、しょせんはどこかでA＝Aに頼らなくちゃいけないのよね。そうでしょう？　でもそんなの偏狭な視点だわ、私にいわせれば。つまり――」

途方もない御無体を、お嬢さまはクリームを掬《すく》い取りながら平然といってのける。

「――どうしてA＝非Aを基礎にした論理学を排除してしまうの、ってことよ。ほんとうに論理が抽象的で物理世界とは無関係だっていうのなら、A＝非Aと、そこから派生する全てを、仲間に入れてあげればいいじゃない？」

「うんうんうん、なるほどなるほど」ぼくの（段ボール箱三個分だけ時空を跳び超えられる）幼なじみがニコニコ顔でうなずく。ぼくは軽い殺意を覚える。

「意味わかってんのかよ、悠有」

「んーん、これっぽっちも」

「あのな」ぼくは派手にため息をつく。「A＝非Aなんか含めたら、どんなことでも証明できちゃうじゃん。だったら意味ないだろ」

「そうよ、まったく意味がないわよ。私たちの脳がその新しい論理系にまるっきり対応していない、という点においてはね。『意味がない』から考慮に値しないという反論は、同義反復でしかないわ。A＝非Aに対応できる物理的脳がこの宇宙のどこかに……でなかったら他の宇宙に……存在しないっていう証明ではないでしょ。『意味がない』と立ち止まってるのは卓人の頭のほうよ、論理系じゃないわ。そもそも最初の前提では、意味から遊離する抽象性こそが数学だったのではなくって？　だからやっぱり論理は経験に依存してるのよ、けっきょくのところ」

そんな無茶苦茶な、とぼくはいいたかったけど、やめておいた。

戻ってきたコージンがニヤニヤして、

「で、こいつの心配、もうおさまったのかよ」

「おさまったわよ。そうでしょ、涼」

「う、うん。でも……でも……だけどさ……」

「涼ったら！　あのね、いいこと」

「でも……」

いったんこうなったら、こいつはちょっとやそっとじゃ『大いなる心配の海』から出てこなくなる。ぼくは——饗子の異次元の超論理から逃れたことを祝いながら——悠有にむかって肩をすくめた。

悠有は、腕の中のジェニィ（とその他多くの名前をもつ太った生き物）と一緒になって大あくびの真っ最中。

「退屈？」

「んーん。そうじゃなくて」彼女は答える。「楽しいよ、みんなの話聞いてるのは」

「わかんないくせに」

「わかんないなりに楽しいの」

「あっそ」

「そういうことってない、タクト？　外国語の歌を聴いてて、なんだかわかんないけど嬉しくなっちゃうとか」

　ぼくの頭の中で、例のメロディが流れる。土曜日に公園で《Saturday in the Park》。

「哀しくなったことはあるけどね」

「ふーん」

「なんだよ」

「タクトって、幸せから距離を置くのが上手なんだねえ」

「なんだそりゃ」

「褒めてるんだよ？」

「そりゃどうも」

　ぼくは大きくあくびをする——自分でも解らない何かを指摘されてしまったことをごまかすために。悠有はそれを見て、タクトこそ退屈してる、と笑い、ぼくはラテン語の箴言《しんげん》でもって反論し……そんなことをしてる間に、たぶん他の三人は話題を変えて、ついでに多数決で今後の予定を決めてたにちがいない。

なぜかというと、ぼくの二度目のあくびが終わった直後、コージンのやつが涼にむかって宣言したからだ。

「おし、じゃあこうだ。合宿中ちょっとでも時空連続体の心配したら、てめえのことぶっとばす」

「……あれれ？　ねえタクト、これって何？」

コージンの宣言に誰かが反応する前に、悠有は封筒をつまみあげてヒラヒラふってみせた。

目立ちたがりのDMや原色の特売チラシのなかに、ひとつだけ真っ白で、素っ気のないやつ。店に入るついでに郵便受けの中身をひっぱり出してくるのは、主にぼくの分担だった（なぜかといえば、悠有は新聞を取り出すだけでも五分はかかる質《たち》だし、おばさんはもっと不器用だったからだ）。けれど、その時は気がつかなかった。

「知らないっての。入ってたの持ってきただけなんだから」

「でも、宛名ないよ？」

「だから知らな……」

いい終わるより先に、悠有は封を切ってた。便箋が一枚、滑り出る。

——オレガ　火ヲツケタ
　　モウ　オマエニ　未来ハ　ナイ

悠有は顔中を疑問符だらけにして、便箋をぼくのほうへむけた。ぼくはゆっくりと紅茶を飲み干す。縦に二行。細くて角張ってちょっと右上がり、たぶんボールペンの手書き文字。

火ヲツケタ。

ぼくの脳裏を隣町の消防車が駆けぬけてゆく。

「って見せられても、わかんないっつーの」

「あ、でも」

「なに」

「前にも同じような手紙が来てたんだ。いま思い出した」

「同じ？」

「うん。ええとね……もう捨てちゃったけど、それは。なんか気持ち悪くって」

「いつごろ？」

「先週……二週間前、くらい？　かな？」灰色猫を便箋から引き剝がしながら、彼女は思い出そうとする。「でもあの時は、一行だけだった。オレガ火ヲツケタって。それだけ」

「ははーん」と、ぼく。「饗子？」

「なによ？」

ぼくは『大審問官』の目つきになり、両手を拳銃にして、お嬢さまのほうにピタリとむける。

「……ちょっとお待ちなさい、卓人！　まさかわたしが――」

「だって、いかにもじゃん。こういう悪質な冗談」

「侮辱だわ！」クッションが続けざまに三つ、飛んでくる。「ふざけるのは四月だけにしてちょうだい！」


あとから論評する連中は多い。正直、かなりうざったい。でもこの日のことだけは、奴らに同意せずにはいられない。ぼくはこの時、もう少し真面目に考えるべきだった。饗子の、それから他のみんなの反応をもっとよく観察するべきだったんだ。そうすれば、もしかしたら、事態はもうちょっと少ない被害で終了してたかもしれないんだ。

20

〈リバー・フェスティバル・ウィーク〉は、正式には八日から始まっていたのだけれど、最初はさっぱり盛り上がらなかった。

というのも八日の夜から翌朝にかけて、台風十号がぼくらの街を直撃し、催し物がぜんぶ延期にされたからだ。

それはたいした見物だった——天候急変も、慌てふためく商店街や市役所の皆さんの奮闘ぶりも。

とにかく、あっというまだった。湿気が一瞬で雨粒になった。かと思うと、真っ黒で荒っぽい天蓋が特急料金で山越しに押し寄せた。ドン、ドン、という雷鳴が腹に響き、水路は（どこかの辺境惑星に棲息する謎の水流知性体さながら）横向きの滝と化して溢れかえり、傘は裏返しになって駅前ロータリーを転げ回り……かくして八月上旬は完全に吹き飛ばされた。

ただし、合宿は別だ。

九日の昼、ずぶ濡れになって涼の家にたどり着いた時には、涼は饗子といっしょに二階の〈司令室〉でハッキングの真っ最中だった。コージンのやつはその横で簡易ベッドをひろげ、仰向けになって文庫本を読みふけってる。しかも、誰かを殴り殺しそうなくらいの凄い形相で。何かと思ったら山岡荘八の『徳川家康』第五巻。あいかわらず、よくわからないやつだ。

「ちょっと卓人！　濡れたまま上がってこないでよ！」パソコン画面を覗き込んでいた饗子がこっちを睨む。

「誰もお出迎えしてくれなかったもんでね」

「タオル、風呂場になかった？」と涼。目線だけはモニタから少しも外さない。「榊さんが入れといてくれてるはずだけど」

「なかった」

「じゃあ二階の洗面所か、収納戸棚だ。棚の場所、わかる？」

「わかるって。それくらい」

ぼくは荷物を床に下ろして、またまた饗子に睨まれる。

「拭いておいてちょうだいよ。それから階段も！　滑って転ぶのは御免ですからね、私も悠有も！」

「へいへい。……そういえば、あの脅迫状は？」

「知るもんですか！」

そこで会話はおしまい。

ようするに、ぼくらは真剣にうけとめてなかったんだ。

くりかえしになるけど、とにかくぼくらは高校生で、『頭のいい』子供たちで、急ぎ歩きの一群だった。でも、事実を肝心の時に自覚してるのと、あとから気づくのではえらい違いがある。教訓……認識が実存に追いつけるものなら、世の中苦労はしないし警察もいらない。

タオルを求めて、ぼくは涼の莫迦でかい家の中をうろつき始めた。

涼の家ってのは文字どおり、やつの持ち家のことだ。親父さんたちの住んでる屋敷とは別に、同じ敷地の中の一軒家にひとりで住んでる。一昨年までは涼のすぐ上の兄貴もいっしょにいたけど、京都の大学が決まったとたん、あっというまに引っ越してった。残ったパソコンも蔵書も好きに使っていいぞ、って。

そういうわけで、今やここはすっかり涼のマシン・ルームと化し、山岡荘八と吉川英治とエミール・ゾラだけはいくらでも読み放題なのだった。

〈司令室〉では、少なくとも二台のパソコンがいつも稼働してた。一台は必ず中古のWindowsマシンで、クラッキングにしか使わない。中古じゃ不便だろうと思うけど、彼曰く「ビル・ゲイツの製品なんか、こんな使いかたで充分」らしい。〈お山〉から下りてくるたびに、饗子は涼と一緒になってこれで楽しんでた。

辺里市内のあらゆる電子記録媒体は、彼女の優雅な指の動きにつられて、ぼくらの前に姿を現した。市役所の戸籍、学校の成績表、銀行の預金残高、それからトリプルの記録――交流用の掲示板や、売買希望リストなんかも。

ただし、ぼくらとぼくらの家族だけは決して悪さはされなかった。響子は悠有に嫌われたくなかったし、涼のやつは響子の命令なら絶対服従だったからだ。

二台目はいつもMacの最新型で、こっちはオンラインゲーム専用らしい。ぼくはゲームをほとんどやらないから、詳しいことは知らない。けれど、そこに架空の社会があり、架空の商品と価格の体系があり、時には本物の通貨が飛び交ってることぐらいは理解できてた。

RPGの本質は、HP《じぶん》と通貨《せかい》と『秘密の扉《ものがたり》』とを、ぐるぐる交換する素朴な経済系だ。そしてオンラインになると、四品目として対人関係が加わる。涼のまとめてくれた巨大な図表から中三の二学期にぼくが得た結論というのが、それだった。

そしてぼくは、『それだけわかりゃ充分だよ』と肩をすくめ、やつのお誘いを断ってボルヘス読破へ舞い戻っていったというわけ。

やつには悪いことしたかな、と思わないでもない。

でもしかたがない。さっきもいったとおり、ぼくは設計図だけで満足できるタイプなんだ。

びっくりするくらい乾いたタオルで猛然と頭を拭きながら、ぼくは、だだっ広いトイレの窓から外を眺める。

雨はひどくて、広い庭も、瓢箪形の池も、辺里市指定保存財になってる立派な生け垣も、隣の休耕田とほとんど区別がつかない。ましてや二百年前からある本家の屋敷なんか、どこにも見あたらなかった。

歴史なんて台風一個で消えてしまうんだ、とぼくは思った。それなら女の子ひとり分の質量が宇宙から減ったとしても、大した問題じゃないってことだ。だから安心しろよ、涼。時空連続体は、ぼくらのことなんて、それほど気にしちゃいないさ。

瓢箪池のすぐ近くで何かが点滅した。ぼくはタオルを動かす手を止めた。

ラベンダー色の雨合羽《あまがっぱ》を来た女の子が、横なぐりの雨の中に突然現れ、そして派手にすっ転んだ。まるで、せっかく四回転ジャンプを決めたのに着地で失敗したスケート選手のように。彼女は苦労して立ち上がり、頭を振ると、前へ駆け出した——というか、一歩だけ大きく前へ踏み出して止まった。

彼女の姿は消えた。

数秒後、雨合羽は再び出現した。彼女は満足げにうなずき、もう一度前へ一歩だけ駆け出した。

今度は何もおきない。

二、三回、彼女はその動作を繰り返していたけれど、そのうち諦めたらしく、とぼとぼと勝手口のほうへ歩き出した。
誰もいなくなった窓の外を、ぼくはそれでも見つめてた。喉の奥にたまった違和感を、咳払いでごまかしながら。

見たのがぼくじゃなくてコージンだったら、なんといっただろう？　いや、だめだ。涼にしよう。涼の顔を思いうかべたとたん、喉の違和感は消えていく。あいつなら、きっと青ざめてあたりを見回してから、大宇宙と物理法則の儚《はかな》き運命についてさんざんに口走ってくれるだろう。ぼくのぶんも。

べつにコージンのことを嫌ってるわけじゃない、とぼくは自分にいいきかせる。好き嫌いの問題じゃない。単に、やつのことを考えると……やつと悠有のことを考えると……なぜだか喉の奥がくすぐったくなるだけなんだ。

――しばらくしてから階段を駆け降りる足音がして、すぐに（予想どおり）饗子の「まあ悠有！　悠有ったら！　どうしたの！　タオルを持ってきて！　ああもう、みんな気がきかないったら！」という悲鳴が聞こえた。

21

「『12モンキーズ』！」シャワーをすませた悠有は、饗子のかざすドライヤーの轟音に負けじと元気に宣言する。

「ズまたはスで……『スタートレック／ファースト・コンタクト』」ぼくはいい返す。

「ト？　ト、ト、ト……あ、そっか。『時をかける少女』！」

「それさっき出たじゃん」

「あれは昔のやつだもん。今のはリメイク」

そんなのずるいって、と反論しようとしたけど、後ろにいる饗子の目つきが恐すぎたんで、やめにした。

「わかったよ、しょうがねえなあ。またジョ？」

「ヨでもいいよ」

ぼくはしばらく頭をひねる。あいかわらず読書中のコージンを盗み見ると、やつは右手の親指と小指だけを尖らせて、耳元で振ってみせた。

「……『世にも奇妙な物語／携帯忠臣蔵』」

「むむむ。ラ、ラ、ラ……『ラ・ジュテ』！」

「パスその二、TT小説に切り替え。でもって『敵艦見ユ』」

「そんなの知らないよ、あたし」
「広瀬正の短篇にあるんだって。次は、ユ」
「そんなの簡単、『夕映え作戦』……あ！」
「はい、終了！　ＴＴしりとりチャンピオン決定！」

——その頃になると、ぼくらはすっかり『ＴＴ』という表現に慣れていた。タイムトラベルという単語は、とにかく長すぎたんだ。とくに、ぼくらのような気短な人種……つまり高校生……にとっては。

参考文献の分類と分析は、暑さが盆地を蹂躙《じゅうりん》し始めて真っ白な雲が縁取る青空の下で悠有が走り回ってる間も、ずっと続いてた。それは実に健康的な日々だった。昼間は外で実験データを集め、夜には文庫本を積んで時間旅行の本質を分析する。そして——あとから考えてみると——ぼくらはずいぶんと的確に分析してたんだ。自画自賛ではなくて、ほんとうに。

台風のおかげで、合宿はＴＴ小説分析から始まることになった。

巨大な一覧表をつくってきたのは、涼だった。いつものことだったので、ぼくらは驚かなかった。表とグラフと議事録と、それから手帳が、やつにとっての『安心毛布』だってのはまちがいない。

初日にやつが広げてみせた一覧表は、実をいえば二つ目だった。最初のは二週間前、〈夏への扉〉で饗子に却下されて廃棄処分にされてた。

――駄目よ、そんな分類法じゃあ！

――どうして？

――本質的じゃないもの。作品の発表年代とか、時代区分とか、時間移動手段とか、旅行先で起きた事件の種類とか……コージン、あなたどう思って？　いいえ、いうまでもないわ。あのですね、涼くん、〈プロジェクト〉分析部門は日帰り旅行の予定表づくりではないのよ。

――そ、そりゃそうだけどさ。

――だったら！　卓人なら分かるでしょ？　TTにおける最重要観念といえば？　なにゆえ人はTTを夢想し、希求するの？　TTの何が、私たちの魂をこんなにも揺さぶるの？　さあ、答えは？

しばらく考えてから、ぼくは答える。饗子なら確実に満足するだろう簡潔な惹句を。

――『二度目の機会《セカンド・チャンス》』。

――はい、御名答！　レポートにするなら、A4一枚半ってところね！

レポートは饗子の得意分野だ。聖凜女子学院では、生徒たちに毎週小論文を書かせて論理力を養ってる。祈りは静かに、理想は遙かに、思考は自由に、というのが創立以来の教育方針らしい。饗子たちに出されてる夏休みの宿題も、『全世界を平和にする実行可能な方法を自分で考えて、原稿用紙五十枚以内にまとめること』だけ。ちなみに課題を決めた担任教師は、饗子曰く「人生にとって大切なものは全て行間にあります」が口癖なのだそうだ。

外は台風、実験は中止。退屈しのぎのしりとりも決着がついたところでぼくらは小論文の書き方をみっちりと教わり、半日かけて、こんなTT分類法に辿り着いた。——

改変型

1……個人的な過去をやりなおそうとする話

1b：やりなおしそこねて、ひどい目に遭う話

過去へ戻り、より良い人生を生きようとする話

2……文明規模で過去をやりなおそうとする話

2b：やりなおしそこねて、ひどい目に遭う話

3……未来から、現在を変えるべくやってくる話（逆転的改変）

3b：やりなおしそこねて、ひどい目に遭う話

非改変型

1……パラドックスの矛盾を回避する話：辻褄をあわせる論理的快楽
2……パラレルワールドもの（＝矛盾回避の発展形）
3……未来へ赴く話：文明を俯瞰したいという欲望
その他
……異なる時間が出逢う話（『ジェニーの肖像』等）
改変を伴わない追憶と悔恨の話

初日の夜、ぼくらが〈司令室〉から一階の居間に移動し、大鍋でカレーを煮込み、ふかふかのソファに沈みながら食事を済ませた頃までに、それは仕上がってた——カレーじゃなくて、ぼくらの分析、ぼくらの時間旅行哲学のほうだ。

柱時計は、ちょうど十一時。窓の外では台風の最後の腕が必死の自己主張を続けている。

「基準軸は、二つだけ」

四十インチのフラットテレビを見つめながら、一覧表担当代理になったコージンが、手許のマウスを滑らせる。パソコンから流し込んでいるのは、綺麗に色分けされた四つの象限——ふだんの三倍ぐらいに拡大された exel ファイル。

座標のあちこちに、たくさんの色付きセルが群生してる。

その一つ一つが、ぼくらに分析されたTTだ。第一から第三象限にかけて、ちょっとだらしのない星雲のように斜めに拡がる群の上を、黒い矢印《ポインタ》が縦横に動く。

「軸その一、過去は改変可か不可か。その二、悔恨欲と俯瞰欲のどっちがTTを促す主な動機か。だから基本パタンは四つ」

悔恨欲ってのは、分析をしているうちに出来上がった用語だった。

最初に気がついたのは悠有だった——雨の中のブックオフ通いの頃、彼女はハーレクイン・ロマンスの棚にすっかり没頭してたんだ。

ぼくらは誰一人予想してなかったのだけど、そこで彼女は、びっくりするくらいたくさんの『時を超える物語』を発掘した。

正確にいうと、『時を超える恋人たち』の甘ったるい物語を。

——ハーレクイン・ロマンスだけじゃないよ、と悠有は〈夏への扉〉で説明したものだ。すっかり興奮して、薄っぺらいピンク色の本をふりかざしながら。その仕草はまるで、むかしNHKの特集で見た紅衛兵《こうえいへい》みたいだった。ほんとなんだよ、タクト、ハーレクインにもいろいろあって、他にもシルエットなんとかとか、細かくレーベルが分かれてて。ちゃんと専門用語だってあるんだから。パラノーマル・ロマンスって。十七世紀のスコットランドに行って恋に落ちちゃう話とか、古代の王女さまと恋人が現代に生まれ変わってまた巡り会う話とかを、まとめてそう呼ぶんだって。タクト、こんなところ

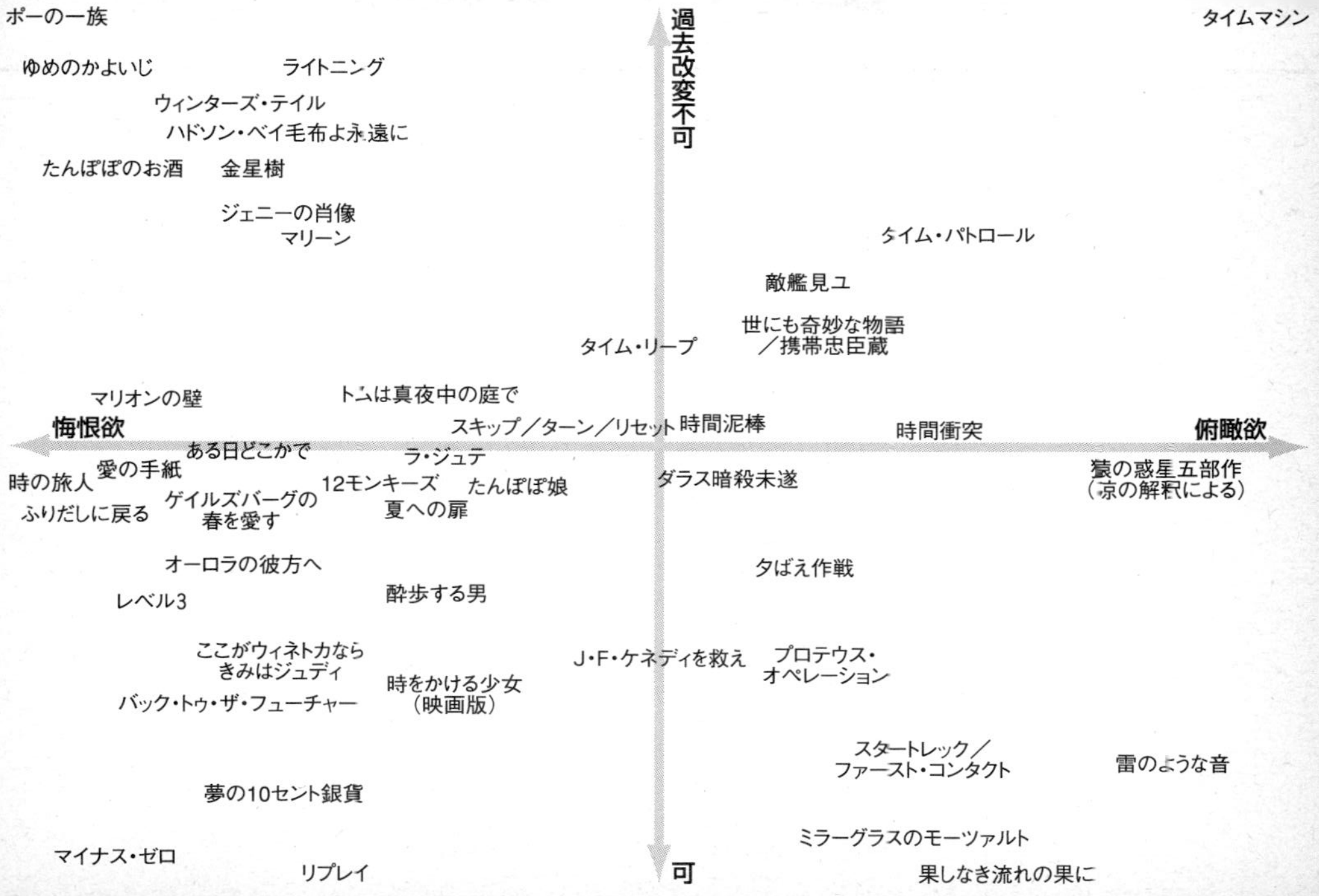
過去改変不可
可
悔恨欲
俯瞰欲
ポーの一族
タイムマシン
ゆめのかよいじ
ライトニング
ウィンターズ・テイル
ハドソン・ベイ毛布よ永遠に
たんぽぽのお酒
金星樹
ジェニーの肖像
マリーン
タイム・パトロール
敵艦見ユ
世にも奇妙な物語／携帯忠臣蔵
タイム・リープ
マリオンの壁
トムは真夜中の庭で
スキップ／ターン／リセット
時間泥棒
時間衝突
ある日どこかで
ラ・ジュテ
時の旅人
愛の手紙
12モンキーズ
たんぽぽ娘
ダラス暗殺未遂
猿の惑星五部作（京の解釈による）
ふりだしに戻る
ゲイルズバーグの春を愛す
夏への扉
オーロラの彼方へ
夕ばえ作戦
酔歩する男
レベル3
ここがウィネトカならきみはジュディ
J・F・ケネディを救え
プロテウス・オペレーション
時をかける少女（映画版）
バック・トゥ・ザ・フューチャー
スタートレック／ファースト・コンタクト
雷のような音
夢の10セント銀貨
ミラーグラスのモーツァルト
マイナス・ゼロ
リプレイ
果しなき流れの果に

に、こんなにたくさんＳＦがあったなんて、知ってた？……

「七十年代からは、第三象限の作品が圧倒的に多くなる」

コージンの矢印は、右上から左下へ滑り降りる。

「悔恨欲が優勢で、過去の改変が可能。しかもＴＴ方式は意識交換型だ。パラドックスは回避で、過去へ行ってからどうするかってのが焦点になってくる。機械的な時間旅行は、あっというまに廃《すた》れる」

「フィニイ的思考の勝利だわ」歌うように、饗子の御託宣。「過去への憧れ。失われたものへの想い。『ふりだしに戻る』——『レベル３』——『愛の手紙』。でなきゃマシスンの『ある日どこかで』とか。過去を望まない人間がいるかしら？　それこそお目にかかりたいものだわ！」

「あのさ、『猿の惑星』のことなんだけど……」涼が小声でいうのと同時に、それまで大人しくしていた矢印が、もぞもぞと第二象限へむかって動き出す。ぼくはちょっとびっくりしてコージンを見た。何もしてない。「……やっぱり駄目かな？」

ぼくらは一斉に涼のやつを睨みつける。そして、やつの膝の上のキーボードを。

あのゴムマスク大作は、たしかにＴＴを扱っていたけど、ぼくらの間ではすこぶる評判が悪かった（リメイク版がひどすぎたっていうせいもあるけれど）。でも、涼だけは違ってた。あの『猿の惑星』五部作は、じつに精密な本格ミステリであり、壮大な悲劇なんだよ……という涼の主張は〈プロジェクト〉が始まるずっと前からのものだった。あんまり何遍も聞かされたんで、ぜんぶ暗唱できるくらいだ。

やつ曰く、謎の鍵は二つある。まず五作目のプロローグとエピローグになってる「現在＝二六七〇年」が、一作目で宇宙飛行士たちの船が故障する直前であること。船は故障発覚後も高速で運動しているので、実際に飛行士たちが猿の惑星に墜落するのは三九五五年。そのせいか最初の年号はあまり注目されないけど、これは重要なヒントだ。それから二つ目、史上初めて『否《ノー》！』と叫んで人類に反抗した伝説的な猿の指導者の名前（これはシリーズ中盤で明示されてる）は、二〇〇三年を舞台にした五作目の悪役ゴリラ将軍と同じく、アルドー。ところがこのゴリラ将軍アルドーは、極悪非道の犯罪者として五作目の最後で命を落としてしまう。そもそも歴史上最初に言葉をしゃべった猿というのも、厳密にいえばシリーズ四作目の一九九七年に反乱猿軍の指導者だったシーザーなのだし、五作目のエピローグでもアルドーではなくシーザーのほうが「偉大なる最初の指導者」として崇《あが》められている。なぜ、シリーズの前半と後半では歴史的事実が食い違っているのか？

わかるかい？（と、ここで涼のやつは両手を大きくふりまわして）すべての答えは五作目にあるのさ。五作目は途中から別の時間線へ、なんの前触れもなく横滑りしてるんだよ。悪役アルドーが死ぬところまでは、一作目から続いている歴史だ。でもアルドーが死んでからあと、最後の五分間だけは、それまでとは異なる歴史を進み始めて——そして一作目冒頭の「現在＝二六七三年」が、五作目のエピローグの直後に連結する。シーザーの木彫りの像が涙を流す、まさにその時、はるかな頭上の大気圏外では例の一作目の宇宙船の中で宇宙飛行士テイラーが冷凍睡眠から目覚めて、出だしの台詞を語ろうとしてるはずなんだ。あのエピローグは、だから文字どおり『人類と猿が平和裡に共存できるか否かを決める瞬間』、二つの時空の交錯点なのさ！　はたして猿と人間に二度目の機会《セカンド・チャンス》はあるのか？　彼らは今度こそ、共存の歴史を創れるのか？　それともやっぱり元の時間線に引き戻されて、邪悪なアルドーが偉大なる指導者だったことになってしまうのか？　どうだい、これってすごく感動的な物語だと思わない？——

とまあ、おおよそそんな感じ。それはまったく感動的で、未来志向で、つまりはその時の気分にまるでそぐわなかった。そんなわけでぼくらは涼を睨み、ポインタを睨み、キーボードを問答無用で奪いとると、話を先に進めた。

「で、悠有は何を推薦枠で入れたいって？」

「うん、えーとね。『ポーの一族』。悔恨欲の軸がずーっと端っこのほうで」

位置としてはこのへんかしら、と響子の言葉に合わせてポインタが画面の左端へ動く。

予想どおり涼が、

「ちょっと待った！　あれは吸血鬼ものだろ！　そっちこそＴＴと関係ないじゃない

か！　反対、反対！」

「そうでもねえな」コージンだった。「不老不死者は、一種のタイムトラベラーだろ」

「なんでさ！　単に長生きしてるだけじゃないか、どうして――」

「未来には辿り着くぜ。一日二十四時間の速度で」

――とたんに、居間は静かになった。

なぜって、やつの一言は、例の件の核心におそろしく接近してたからだ。


それは……とても些細ではあったけれど、ぼくらの間で確実に一個の問題となりつつある一件だった。悠有が一度の例外もなく、未来にむかってしか『跳んで』なかったって事実は。

そのことを、誰も口にはしなかった。

考えてないふりをしてた。

いつのまにか、そいつはぼくらの大切な禁忌《タブー》だった。

（……もしも『跳べ』ないとしたら？）

もしも悠有が、過去へは絶対に『跳べ』ないとしたら？

ぼくの喉の奥で例の違和感が準備運動を開始する。

たぶんぼくらは、ぼんやりとにせよ、理解してはいたんだと思う。少なくとも饗子は。

独りでしか『跳べ』ない悠有。

未来にむかってしか『跳べ』ない悠有。

たとえそれが数秒であっても、事の本質は変わらない。悠有は『跳ぶ』。『跳ぶ』ことができる。必ず未来へ——必ず一人だけで。そして、ぼくらにはできない。誰一人として。

さて受験生のみなさん、以上の事実から論理的に導き出される結論は何でしょう？

そうとも。

あとからだったら、なんとでもいえる。帰還不可能点がどこにあったのか、いくらでも冷静に議論することができる。

ここがその点《ポイント》だったかって？

かもしれない。違うかもしれない。どっちにしても結論は同じだ。ぼくは何もいわずにいた。居心地の悪さが実時間《リアルタイム》でとおりすぎた。そして（ずっとあとになってたくさんの評論家が手前勝手に指摘するように）、ひとつのでっかい可能性が失われ、ぼくらは迷い歩きを続けた。

ぼくが——正式に——喉の違和感に病名をつけたのは、この時だったような気がする。

「あのー」

悠有の声につられるように、ポインタが画面の真ん中で『の』の字を描く。

「どうしても駄目なら、『ポーの一族』は無しってことでも、いいよ？」

22

『あらかじめ失われた未来』――それが、ぼくの違和感につけられた病名だった。

誤解のないようにいっておくと、名前を考えたのはぼくじゃない。饗子と涼の合作だ。ぼくは単に、後ろからモニタを眺めてただけだったんだから。

あの二人が住基ネットへのハッキングを始めたのがいつ頃だったのか、詳しくは知らない。当人たちにしてみれば、気楽なお散歩ぐらいのつもりだったんだろう。とにかくあいつらは、ぼくらの素敵な政府が保証する絶対安全なシステムの中へ潜り込んでた。それを実際に見せてもらったのは悠有の〈プロジェクト〉が始まるちょっと前、ゴールデンウィークのころだ。

「ここに全部あるわよ」涼の勉強部屋で、饗子のやつは平然と、机の隅に置かれたハードディスクをつついたんだ。「一億三千万、全国民の番号と個人情報」

「この中に？　全部？」

「そうだよ」

悪意も凶暴性もない声だ。

ちょいと巧い手際《ハッキング》を発揮してみましたよ、とでもいいたげな無邪気さだけ。最初にもいっておいたとおり、この頃のぼくらは、高慢で、ゲーム好きで、底抜けの冷笑主義者で、何事にも驚いたり慌てたりしない……つまり一言でいえば、高校生だったんだ。

「まだギガ単位かな、今のところ。項目が少ないからさ」

「ふーん」

ぼくは、それしかいわない。

ＨＤのデータを確かめたいとは思わなかった。饗子ならではの誇大な冗談なのか、それとも本当にこの二人は、悪評紛々のネットワークへの潜入に成功したのか……どっちもありそうな話だ。けれど、後者のほうがぼくにはひどく面白かった。

黙ったまま、ぼくの想像は拡がってゆく。このＨＤのどこかに、ぼくがいて、悠有がいる。そしてぼくらの知っている人々、これまでに遭ったことのある全ての日本人が。生きて呼吸している、一個の巨大な人口が。

フェッセンデンの行政宇宙、そんな単語が浮かんだ。

ぼくらは眺められている。ぼくらは掌の上にある。

「……どうやってパスワード？」

「え？」

「手に入れたわけ？」

「ソーシャル・エンジニアリングでさ。えーと、だからつまり」

涼は丁寧に説明し、三分後、ぼくは自分なりの結論にたどり着いた。

「……ようするに、それって普通の詐欺じゃん」

「詐欺じゃないよ」

「詐欺だっての。下請けのバイトだましてパスワード聞き出しただけだろ？　そんなのハッキングとしては下の下——」

「文句は日本政府におっしゃってちょうだいな」と饗子。「そもそも、こんなに入りやすいシステムつくるほうが悪いのよ。どうぞいらっしゃいませって赤絨毯敷いて待ち構えてるようなものだわ」

「でも最低限のセキュリティくらいは」

「設計思想の話よ、私がしてるのは。専門知識のある担当者を置いてる自治体なんてほんの少しだし、そもそも住基ネットの大半は民間の下請けに出して、そこからさらに孫請けに出てるのよ。全国でどれだけのバイト君が関わってると思ってるの、卓人？　ファイヤウォールやら何やらなんて、ヒューマン・ファクターの前では蜃気楼も同然だわ」

「へー。そんなもんですか、へー」

「そういうこと」ぼくの手許にある幻の『へー』ボタンを、響子は無視する。「すべては設計よ。住基ネットに限らずね。人類のかかえてる大半の問題は、ほんとはどうにでもなるの。けれども現場にいる愚か者どものせいで、うまくいかないだけ」

「なにそれ。バッキー語録?」

「フラー先生の天才が出てくるまでもないわ。もっと小手先の改善で充分よ。卓人、まさか貴方、フラー先生のこと莫迦にしてる?」

「まさか」

ぼくはすぐに首を振る。響子に反論するのは、ただでさえ危険な行為だ。ましてやこれは、かの天才発明家の名誉に関わることなんだから。

バッキーことバックミンスター・フラーのことを、彼女はかなり熱烈に愛してた。もしかしたらラスコーリニコフ青年以上に。

人類を救う発明を幾つも考案した男、技術の哲学者、未来の設計家。効率改善を愛し、三角形を愛し、ジオデシック・ドームとワールド・ゲームと「宇宙船地球号」を考えついた偉大な人物。幼くして逝った娘への想いを生涯忘れずにいた父親。同胞愛と職人気質《かたぎ》と誇大妄想《メガロマニア》が奇妙に同居してた、すてきな変人おっさん。

昔、彼の本を饗子のやつに押しつけられたことがある。『フラーがぼくたちに話したこと』。グレーだかグリーンだかよくわからない色の、薄い本。あとになって小豆色のバージョンもあると知ったけど、ぼくにとってそいつはいつまでも灰緑色だった。

本のなかでわれらがバッキーは、三人の子供（男の子二人に女の子が一人）に、自身の考えた宇宙論／哲学／数理工学を教えようと四苦八苦してた。彼ら四人の対話《セッション》と手書きの図解《ダイアグラム》を、ぼくは一読し、あまりにおかしくって授業中にもかかわらず腹をかかえて突っ伏したものだ。面白くて、じゃない。おかしくって、だ。

なぜってバッキーは明らかに、三人の中で女の子のことを大好きになってたからだ。

かわいそうなのは男の子たちのほうで……とくにベンジャミン君が被害者だった……質問するたんびに「その質問は間違ってるよ」と、老いたフフー大先生に指摘される。だのにレイチェルちゃんが問いかけると「それはすばらしい質問だね」。じいさん、ちょっとは手加減してやれよ、と彼の写真（ちょっとアーサー・C・クラークに似てなくもない）に向かって、ぼくは何回ツッコミをいれたことだろう。

そしてセッションのあとは、みんなで水浴び。

ルイス・キャロルだってサリンジャーだって、ここまで完璧に素敵な一日は描けないだろうってくらいの代物だ。

教訓。愛情というのはおかしなもので、こいつに深入りしないほうが賢明である。

「まさかそんな」ぼくは応える。

「三角形は、実に偉大で効率的な図形だよ。当然」

「それなら良いんですけどね」

「で？」ぼくは涼の背をつつく。「この一・三かける十の八乗人分の生年月日が、すぐ見せたかった『最高に面白いネタ』？」

「まさか。メインはこっちさ。市長の諮問委員会がつくった『善福寺川親水景観計画』の、続篇てのがさ——」

「それでは私、階下《した》でジュースを頂戴して参りますので」涼が問題のフォルダを開けるより早く、饗子はくるりと身を翻して廊下に出ていった。「見終わったら呼んでちょうだい」

「なんだよ」嫌な予感。「まさかグロ画像？」

「あながち間違いというわけじゃないわね」

「違うってば！」涼が慌てていう。

「こちらのお医者様の御子息は違うのかもしれませんけど、私は美しいものにしか興味がございませんのよ、お生憎《あいにく》さま。じゃね」

スカートのフリルと華麗な巻き毛がふわりと舞った、と思うと、もう姿はない。ぼくはミスター・スポックみたいに片方の眉だけを上げて、涼を横目で睨んだ。

「だから違うってば。ほんとに」

し。

　でもたしかに、善福寺川は響子好みの『美の極み』ってわけじゃない。そもそも、前の市長が落選したのもあの川がきっかけで、それはもう最初から最後まで汚い話だった
「ふーん」

　『川向こう』で花粉症になる子供が急に増えたのが、その汚い話の始まりだった。役所が調べてみたけれど、原因不明の一点張り。けれど、みんな最初から気づいていたんだ。

　そんなに難しいパズルじゃない——白幡や、まわりの町でも同じような病人が出てて、そのころ隣の神秦《かみはた》町が山間部につくったばかりの産廃処理施設に近いほど、症状が重かったんだから。

　病気になった人たちは、近くで井戸を使って暮らしてる老夫婦とか、遠足で山に出かけたことのある子供たちばっかりだった。

　で、産廃施設受け入れを力説したのは辺里市長の分家筋にあたる助役で、工事を請け負った会社を経営してるのは市長の娘婿の一人、というわけだ。

　そこから芋蔓《いもづる》式に、河川改修工事の杜撰《ずさん》会計やら、市民会館建築のバックマージンの件やら、とにかく何もかもが表に出てきた。その頃ぼくはまだ中二だったけど、あまり

に面白かったんで大人たちの噂話を熱心に盗み聞きしたものだ。

市庁舎から、なぜか河川改修関係の帳簿が失くなっていたこと。手違いで捨ててしまいまして、と課長が答弁を棒読みしたその翌週、どこからともなく帳簿のコピーが市議会野党の事務所に送られてきたこと。しかもその内容は、途中でコンクリの量が二倍に増えてたり、金額はあるのに項目名が書かれてなかったり、わざわざコピー機を四十台も新規購入してたり、雑費だけで全経費の四割を占めていたりと、あまりの出鱈目《でたらめ》さに保守派の老議員が五人も反市長派に寝返ったほどだったこと。

――けれど、そんな騒ぎのせいで、最初の水質汚染の件はどこかに置き忘れられていった。産廃施設を停止させるかどうかはまだ裁判所でもめてるし、それに、いったん地下に滲み出した毒は新市長派が勝利したからって消えてなくなるわけじゃない。

市長は替わり、環境絡みの外郭団体が三つ増え、『水天宮・親水公園』整備が決まり、井戸水が禁止され、老人たちの幾人かはどこへともなく引っ越し、幾人かはまだ残り、恒例の納涼花火大会と盆踊りとミス浴衣コンクールは〈リバー・フェスティバル〉へと併合された。大人たちは（ぼくの母親も含めて）そういうことを喜んでたけど、ぼく自身はどうにも彼らの楽観主義に馴染めなかった。

なぜって――汚染も、汚職も、市長選挙も、けっきょくは症状でしかないからだ。もっと根深い、ほんとうの病の。

中坊の感想にしては、ずいぶん冷笑的《シニカル》だったかもしれない。

けれど、間違ってはいなかった。

デフレ不況とやらのせいで税収は減り続け、商店街のシャッターは閉まり、けっきょく市債の増刷ってことになったからだ。

ちなみに例の親水公園は——見通しの悪い設計がまずかったせいか、それとも前市長の呪いなのか——半年と経たないうちに不良の溜まり場になり、やがてコージンの麻薬売買伝説が誕生することになる。


「……ほら。これ。見てよ」

涼がぼくの脇腹をつついた。

マウスが動き、モニタ上には表計算ファイルやメールのテキストがあらわれる。たくさんの数値の正確な意味は、すぐには読み取れない。おそらく裏帳簿だってことが、かろうじて推測できるくらいだ。

けれど最後に出てきた文章を見た瞬間、涼のいいたいことが理解できた。

「このメールの、送り主のアドレス……例の環境コンサル会社のじゃん。選挙ん時、今の市長さんをバックアップしてた」

「そうさ。ここの前の取締役ってのが、今は環境問題担当の副市長。じゃあメールの宛先は？」

「……おまえのお爺さんの第二秘書」

市議会保守派の重鎮の孫である涼は、大きくうなずく。もうちょっと正確にいうと、この第二秘書氏も涼の父方の叔父さんの奥さんの弟で、ようするにみんな一族縁戚ってことだ。

「そういうこと。つながってるのさ。新市長派も保守派も、どっちもね」

「つながってた、んだろ。なんか喧嘩腰じゃん、このメール」

「そりゃまあ、どっちが責任とるかで揉めてた時期のだしさ。白幡と合併話が出てくる直前の」

「合併って、もう決まったのかよ」

「みたいだよ……このデータによるとね」

新しいウィンドウが開く。

「なんだそれ」

「むこうの議会に流れたお金。こっちのが、トンネル会社のリスト。今のうちに合併しとけば政府から補助金がつくし、辺里のほうは財政危機を誤魔化せるし、白幡も例の『県央中核都市圏構想』が実現できるかもしれないし」

「まだいってんの？　あの無理計画？」

「もちろん。でもあちらさんはそれとは別に、水質汚染の件を共同責任にしたいって思惑もあるらしくてさ――ほら、このデータ」

「うわ」ぼくはpdfファイルの画像から目を背ける。畸形《きけい》の蛙を眺めて喜ぶ趣味は、僕にはない。「なんだよ、やっぱりあるんじゃん」

「あるっていっても、まだ辺里の十倍程度だよ。ほんとに濃度が高いのはこっちの……白幡の東側、山賀町のほうで」涼のやつは、グロ画像に対するぼくの抗議を勘違いする。まったく、これだから医者の家系の感性なんて信用できない。「神奏の産廃だけじゃない。あっちには不法投棄スポットが幾つもあって……たぶんこのへんに……で、土壌汚染が加速してる。もちろん新聞には出ないし、ネットでもまだ広まってないけど――まあ、時間の問題だろうね。そしてその時には白幡が後始末をしなくちゃいけない。じぶんの予算で。おまけに、下流の辺里の被害も責任を問われる可能性は大だしさ。でも合併しちゃえば全員の問題だからね。上流から下流まで」

「だから合併したがってるってのか？」

「そうさ。この濃度と、裏取り引きと、それから街の借金が、ぜんぶ次の世代への遺産ってわけ」

「なー……るほど」それはまったく、〈夏への扉〉のジェニィの欠伸みたいに、いつもどおりの感想だった。「やっぱ未来なんて、ろくなもんじゃないね」

「冗談じゃないんだってば、卓人！」

　涼のやつは真面目に怒ってた。

　ぼくは笑った。ぼくにいわせれば、そいつはあらかじめ諦められた正義感だ。考えてもみてほしい。中学受験で残り人生がぜんぶ決定するような御時世に……しかも大半はろくでもない人生だ……どんな正義感が成立するっていうんだ？

「なんだよ。いつのまに環境保護派になったわけ？」

「そんなんじゃないって。単に……そう、高度に集積されたものは、なんであれ研究に値するのさ。本質的だからね」

　画面を見つめたまま、涼は言い訳した。それは、やつが特に気に入ってるアエリズムの一つだった。

　――人間の本質とは権力であり、権力とはすなわち集積のことである。それは暴力的ではあるが暴力そのものではなく、かといって暴力を消し去る装置でも決してなく、単にそこ以外の場所の暴力濃度を下げるために存在する。だからこそ法は死刑を執行し（私刑の濃度を下げるために）、古代の神聖王は近親相姦をおこなう（臣民には異族婚を推奨《すいしょう》して帝国を安定させるために）。言葉は分類され、汚物は片隅に押し退けられ、ハレの時空間の濃度を高める。かくの如く、人間存在の本質は濃度である。人を理解するためには須《すべか》らく濃度を研究すべし。——

ぼくは肩をすくめた。

「へー。じゃあ市議会のおっさん連中の研究でもしたら？　悪役濃度高いぜ、きっと」

「だから冗談いってる場合じゃないんだってば」

「おまえが真面目すぎるんだっつーの」

「そんなことないよ！」

「じゃあ、親父さんと喧嘩したがってる自分を正当化する心理とか」

「違うって！」

でも、きっとそれは違ってなかった。

涼の親父さんは、このあたりきっての旧家の若旦那で、医者の三代目で、街の名士で、中学時代の涼の反抗なんてのは片っ端から揉み消してきた人間だったんだから。

昔から辺里に住んでる人たちにとっては、すべては『お屋敷』さまのおかげだ。

街に鉄道が敷かれたのも。

公共事業が東京から降ってくるのも。

太陽が毎朝、ちゃんと昇ってくるのも。

それと同じ理屈で（少なくとも涼の頭の中では）、市議会の不正も、不況で商店街がさびれていくのも、川の水質が悪化してるのも、いちばん上の兄貴が音楽家を諦めて大人しく京大の医学部に進学したのも、ぜんぶ親父さんのせいになってるんだろう。それから親父さんと結託して悪だくみしてる市議会のおっさん連中のせいに。

……ぼくは、そういう『おっさん連中』を憎めなかった。涼ほどに、まっすぐには。

なぜって、ぼくには分かってたからだ。

連中もまた、置いてけぼりになるのをおそれているんだと。結局は、それだけのことなんだと。

この街はきっと病気に罹っているんだ、とぼくは想像した。病院の、樹の下でリハビリをしていた患者たちと同じように。脳という系《システム》がアルツハイマーに罹るなら、川もまた罹るだろう。そして地方都市という系《システム》もまた。

汚濁して無用になってゆく水路と河。それはまるで、損傷して縮退するニューロンの網《ネットワーク》そのものだ。記憶も、人も、経済的繁栄も……網を見捨てて、どこかへと去ってゆく。県のあちこちで高速道路は造りかけのまま、ぼくらが小学生の頃から少しもかたちを変えることなく、野ざらしになっている。

ブラッドベリだったら、そいつを詩的に『霧笛』と名づけてくれたろう。

フラーならば『間違った質問だね』の一言なんだろう。

涼のやつなら、きっと『ナイトの不確実性』と呼ぶところだ。

けれどぼくらの街はイリノイ州にあるわけじゃないし、セッションのあとで水浴びもしないし、ぼくの心の声にあわせて涼が経済学の偉大な成果を講義してくれるわけでもない。だからもっと散文的な呼び名が必要だ。

ぼくはそいつの名前を知っている。とっても古い、真の名を。

——それは不安だ。

そうだ、不安だ。

どうしていいか分からない。どうにかしていいものかどうかさえ分からない。ただの不確実性とはひと味違う。確率も平均値も分からない不確実状態。自分の無知に関する無知。

そしてそんな時、人はすがりたくなる。

何かに。

確かなものに。

確かだろうと思えるものに。

さもなきゃ目の前にあるものなら何でも。

目の前にあって、一緒にいてくれるなら。たとえそれが大いなる片思いの勘違いであっても——巨大な尾っぽのひと振りで、ばらばらに壊されてしまう運命であっても。

それこそが不安だ。

ぼくらの遙かなる霧笛なんだ。

「……いかが、卓人？」

いつのまにか饗子が戻ってきてた。

「未来の横顔《プロフィール》を御覧になった御感想は？　『ボクたちをおいていかないで症候群』に罹ってる、この街の哀れな実態は？」

「失われた未来の横顔、だよ」と涼。

「ああ、それでもいいわね。あらかじめ失われた未来！　うふ、ちょっとリルケっぽくて素敵」

猫のような、あるいは小悪魔のような笑顔。

「ねえ卓人？　まったく素敵な街じゃないこと？」……

23

「卓人、ちょっといいかな？」

「ん？」

「カレーの味つけ、手伝ってもらえたらって」

合宿二日目、暑い夕暮れ。

居間のソファから、ぼくは文句もいわずに立ち上がる。なぜかって？　実をいうと、ぼくは料理の天才だったから——じゃなくて、涼の言い訳があまりにも莫迦はかしくて、ちょっと可哀想に思えたからだ。教訓……誰かと秘密の相談をしたいなら、まず嘘つきになる訓練から始めよう。

「なによ、お二人で内緒話？」悠有の屋内練習を撮影してた饗子が、こっちを睨む。予想どおりだ。「私に聞かれちゃまずい話？　そうね、そうなのね？」

「違うって」

「違わないわよ。ふんだ！」

饗子の怒りを無視して、ぼくらは廊下を曲がる。涼が台所にむかったので、一瞬、こいつは本気で料理の手伝いをさせる気なのかと、ぼくは心配した。

そんな心配は無用だった。

「で、相談って？」

「悠有のことだよ。他に何があるのさ」

なるほど、そりゃそうだ。ぼくは安心する。もしくは、これからの展開に無意識のうちに身構える。

「いや、時空連続体の健全性の心配事かと思って。コージンにぶっとばされないように」

「それは……うん、まあ、そこにもつながるんだけど」

「なんで?」

「なんでって……卓人は怖くならないのか?」

「何が」

「だから悠有の……その……能力のことがさ」

「べつに」できるだけそっけなく、ぼくは答える。「過去には跳べないみたいだから、めんどくさいパラドックスなんかも起きようがないし」

「そうじゃなくてさ!」

男の叫び声ってのは、ぼくの趣味に合わない。ましてやそれが、女の子みたいな甲高いやつなら、なおさらだ。涼のやつは一瞬だけ、ひどくすまなさそうな顔をした。きっとぼくは、えらく不機嫌な顔をしてたにちがいない。長い沈黙のあとで、やつは話し始めた。いつもどおりに、心配が床にこぼれ落ちるみたいな口調で。

「……だからさ……だって時間を跳躍してるんだよ? 卓人、わかってんの? ぼくらの目の前で起きてる現象が……つまり……つまりさ……物理学じゃ説明できない、とんでもないことなんだよ? 現代科学がひっくり返ってしまうかもしれない、いや、しまうどころじゃないさ、間違いなく確実にひっくり返ってるんだ！」

「ああそうだな、まったくそうだ、うんうん。お説ごもっとも。だから？」

ぼくは、正面が二畳くらいありそうな巨大冷蔵庫を開けて野菜ジュースの缶を取り出す。飲み干す時は、いつもより派手にあおってみた。そうしないと、喉のあたりのおかしな震えが止められなかったからだ。

「卓人だって不安になってるだろ？　恐いんだろ？」

「べつに」

「嘘いうなよ。じゃあ、手がブルブルなってんのは、なんでさ」

「なってないって」

「なってるよ。認めろよ」

（――もし、過去へは絶対に『跳べ』ないとしたら？）

ちくしょう、とぼくは思った。どうして今日に限って、涼のやつはこんなにしつこいんだ？　こっちは真剣に考えないことで、なんとかこの合宿を乗り切ろうと思ってたのに。それなのにどうしてこいつは、的確に危険なポイントを指摘してくるんだ。ぼくはGWの時の会話を思い出す。まったくだ。未来はいつだって、ろくなもんじゃない。

涼の口が、ぱくぱくと動いてる。

「――だしさ。卓人、聞いてるのかよ？」

「聞いてるよ」ぼくは嘘をつく。

「じゃあさ」

「っていわれても、しょうがないじゃん。ていうか、そういうことは饗子とかのほうが詳しいんじゃないの？　じゃなきゃコージンとか。あいつ、けっこう真面目にTT分析してたし」

「あの二人には話せないから、卓人にいってるんじゃないか。連中がこの〈プロジェクト〉で頑張ってる動機の怪しさを考えてみれば――」

「饗子の動機が妖しいってのは賛成だね」

ぼくは頭の中でわざと誤変換をおこす。あの御嬢様の家庭の事情は、実をいうとあんまりよく知らない。〈お山〉の女学院は饗子の父方の曾祖父が創立したこと、亡くなった母親は親戚からあんまりよく思われてなかったこと、義理の母親と義理の弟がいること、そして彼女はこの街から外へ自由に出歩けない御身分だってこと。噂で聞いたのはせいぜいそのくらいだ。学校を逃げ出すくらいは黙認状態。けれど辺里の外へは――以前は隣街の病院まではOKだったけど、それも中等部時代までで――出たことがない。饗子の奸智《かんち》と行動力をもってしても、それだけは一度も成功していなかった。

縦ロールのお嬢様が街の境目に近づく。

そのとたん、黒服の男たちがどこからともなく駆けつけ、暴れる彼女をリムジンに押し込んで〈お山〉まで連れ帰る。

以下、フローチャートの冒頭へ戻る。

可笑しくも哀しい永久機関――未来のない（ああ、なんてぼくらの街にふさわしいんだろう！）閉じた時間の環。

ぼく自身は現場を目撃したことがない。けど、こいつはけっこう確かな筋から聞いた話で、美原高《ヨシコー》の男子は一人残らず信じていた（なんでって、そりゃもちろん、この逸話があまりにも饗子に相応《ふさわ》しかったからだ）。

ともかくようするに、われらが饗子姫はすっかりあの女学院の……この街の……囚人だったわけだ。そりゃ暇つぶしの玩具の一つや二つ、必要になるだろう。

「饗子のことはいいさ」涼が頭を振る。「むしろコージンのはうが」

「なんで？　あいつは単にお人好しで……」

「どこがだよ。昔っから、あいつ、悠有のこと好きなんだぜ？」

＊

蟬の声が聞こえたような気がした。蜩《ひぐらし》じゃなくて、もっと粘っこい、油蟬みたいな音。

ああちくしょう。こいつだ。こいつが喉の違和感だ。

「──なんだって？」

「え？　あれ、もしかして」

「なんだよ」

「もしかして知らなかったの、卓人？」

知らなかったのかって？

ぼくが何を知らなかったって？　気づかなかったって？

いつのまにコージンが、〈夏への扉〉に入り浸るようになったのか？

仏頂面《ぶっちょうづら》のまま、なんで〈プロジェクト〉に参加してるのか？

どうして夏休みの予定を変えたのか？　知らなかったのかって？　何のために、誰のために？

いやはや、ぼくは大したお利口さんだね。頭のうしろあたりで、天の邪鬼《レプラコーン》が笑う。知らなかったのかい、卓人くん？　困ってる時は助けるもんだろ？　それに、悠有のほうは？　悠有があいつを助けるために『跳んだ』のは、いつだったっけ？　ぼくが知らなかったはずはないんだ。気づいていたはずなんだ。単に……そうとも、これは例のあれだ……気づいてることに気づいてなかっただけで。さあどうする、卓人くん？　おまえは頭がいいんだろ？　高校受験は適当にすませて、のんびり三年間読書を楽しむ代わりに、母さんとの約束どおり今度こそ東京のいい学校に受かるんだろ？　さあどうぞ、涼のやつの質問に答えたまえ！

　でも、だから、ぼくはようするに正直者じゃなかった。

「知らねえよそんなの。ていうか、おまえが勝手にいってるだけじゃん」

「違うってば。けっこうみんな知ってる話だよ。――心配じゃないの？」

「なんで。なんで心配しなくちゃなんないんだよ」

「だって悠有とコージンがさ」

「そりゃまあ、あいつは分類上は不良ってことになってるけど、そんな悪いやつじゃないじゃん。いっとくけど――」

　するとやつは、ぼくと床と天井を順番に見つめてからこういったんだ。

「ちょっと待った。卓人って悠有のこと好きなんだろ？　じゃないの？」

　本当のところ、ぼくは大笑いするところだった。

「はあ？　悠有を？　なんで？　幼なじみじゃん」

「幼なじみだから、さ」

「おまえギャルゲーのやり過ぎだっつーの」

「そんなにやってないよ！　いや、やってるけどさ、一日平均二時間だし、そんなに何もかもは」

　涼の生真面目さに、ぼくは今度こそ大笑いする。

「なにが可笑しいんだよ！　卓人、これは真剣な——」

「怒んなってば」

「怒ってないさ！　じゃあ誰が好きなのさ、卓人。まさか饗子？」

さあて、こいつはまったくシュールな会話になってきたぞ……と、ぼくは思わずにいられなかった。県下に名高き県立高等学校の秀才君が、時間跳躍能力と時空連続体の運命についてさんざん頭を悩ませたあげく、出てきた質問というのが……『どの子が好き？』だとさ！

ぼくらはどっちも黙って突っ立ってた。涼のやつは、ぼくを睨んだまま。そしてぼくは、耳をほじりながら小さく欠伸をした。

その時ぼくが考えてたのは、おおよそこういうことだ——真面目に答える必要はない。かといって、言い訳を考えるために時間をかけるべきところでもない。だって、あまりにも莫迦げてるじゃないか。

ぼくが、このぼくが、悠有のことを好きだって？

そりゃ確かにぼくらは近所に住んでるし、たいてい一緒にいる。同じ本を読んでるし（これはおばさんと〈扉〉のおかげだ）、そのせいで話題も合う。近くにいても苦痛じゃないし、それどころかかなり幸福な気分になれたりもする。肝心なところで頷いてくれる。黙ってて欲しい時には絶対口を開かない。いつのまにか居なくなるくせに、こっちが居て欲しい頃合いには必ず現れる。地方都市の住人としてはかなり上等の部類だ。

そこまで考えて、ぼくは慌てて精神的な咳払いをする。

いや、だからといって好きだってことじゃないぞ。そうとも。欠点だってたくさんあるし。

あの親爺ギャグの癖とか。

試験前に泣きついてくるところとか。

貸したCDをどこかに置き忘れてくるのとか。

やたらにニコニコしてるところとか。

そうとも、理由はたくさんあるんだ。ちょっと待ってろよ、涼。今すぐ、ぼくが悠有のことを好きじゃないって事実を完璧に証明してみせるからな。——

でも実をいえば、そんな証明を必死に考える必要もなかったんだ。なぜって、ぼくが欠伸を終えるのとほとんど同時に、

「——ええ、お坊っちゃんがた、よろしかったら御茶菓子が」

やたらと背の低い中年男が一人、厨房の隅にある食卓のむこうから、声をかけてきたんだから。

24

「……何してんだよ、そこで！　藤堂さん！」

涼の甲高い声。

「はあ、何って、その何となく……あの、御茶菓子が頂き物で」

いつからそこに居たのか、ぜんぜん判らなかった。もしかしたら、最初からそこに座ってたのか——だとすると、どこまで聞かれた？

たぶん、とっさに考えたことは、ぼくも涼も同じだったはずだ。

「いらないよ！　何にもしなくていいってば！」

と怒鳴ってから、涼はエロ本の立ち読みを親に見つかった小学生みたいな顔つきのまま、たっぷり十秒ほどその場に立ち尽くし、最短ルートをようやく見つけてから廊下へ飛び出していった。

ぼくはそこまで不躾《ぶしつけ》になれなかったので……涼にとって藤堂さんはお祖父さんの部下なんだろうけど、ぼくにとっては友人の知り合いでしかない……彼と向かい合って、ひどく居心地の悪い思いをすることになった。

「坊ちゃん、御菓子がありますんで」

「いえ、けっこうです」

「そうすか」

「…………」

「ほんとにいいすか?」

ぼくは首を横に振る。これ以上ないくらい、はっきりと。

涼から聞いた話では、この藤堂って人は若い頃、涼のお祖父さんに命を助けられてからずっとこの家に住み込みで働いてる。『あんまり大声ではいえないような仕事』を担当してるんだそうだ。それがどういう『仕事』なのか、ぼくら（この場合はぼくと響子と悠有）は丸一日推理したことがある。饗子の意見は、ずばり殺し屋だった。見かけによらず、ああいう貧弱な小男のほうが酷い暴力を平気でふるうものなのよ、と彼女はずいぶん失礼な発言をした。ぼくは『凄腕の公認会計士』説を唱えた。悠有が考えついたのは、『小声で涼のために昔話を語って聞かせる役目』。なんだよそれ、とぼくらが反論すると、

――だって大声でいえない仕事なんだもん。小声でやるんでしょ?

ぼくと饗子は顔を見合わせ、げらげら笑いながら床を転げ回ったものだ。

「ま、お座りください。お茶でも煎《い》れますんで、坊ちゃん」

「いえ。ほんと、いいです」

「そうすか?」

藤堂さんはそういいながら、すでにヤカンをガス焜炉《コンロ》にかけてスイッチを押している。左手のつかんでる四角い塊が、ちらりと見える。

やっぱり、とぼくは思った。

屋敷のどこかで遭うたびに、彼はなぜかいつも文庫のコミックを持ち歩いてたからだ。それもなぜか萩尾望都ばっかり。ちなみに今日は『マージナル』だ。

「坊ちゃん」

「はあ」

「臭わないすか」

「いえ。べつに」

「そうすか？　ならいいんすけど」

彼はちょっとだけ首を傾げるようにお辞儀をすると（それともお辞儀のように首を傾げたんだろうか？）、椅子を不器用に回転させて焜炉に向け、座って『マージナル』を読み始める。両脚を折り畳んで胸に押しつけ、背中はぐっと丸めて、まるで小さな文庫の間に無理矢理頭をねじ込もうとするみたいに。

中国の雑技団にいる軟体名人を、一瞬だけ連想する。それからようやく、台所を出るタイミングを失ったことにぼくは気づく。

――はっきりいえば、ぼくはこの藤堂という人物が嫌いだった。

というより、とにかく不快だったんだ。

『です』を『す』と省略するのも、年下の来客を全員「坊ちゃん」呼ばわりするのも、気にくわなかった。それに、臭いがどうこうってのはガス焜炉のことじゃない。自分の体臭が不快でないかと訊いてたんだ。それも、遭うたびに毎回だ。そして訊く時には必ず、目線を逸らす。まるで、謎の眩しい光源がぼくらの肩にのっかってるみたいに。けれど彼の口調は、体臭を気に病んでいるふうでもない。むしろ、ひどく明るく愉しそうに訊いてくるんだ。むしろ「ええ、すごく臭いますよ!」と返答したほうが礼儀にかなっているんじゃないか……とさえ思えるくらいに。

初めのころは、単にそういう性格なのか、でなきゃ涼のことを(御学友のぼくらもひっくるめて)羨んでいるのだろうか、と思ってた。なんといっても、やつは金持ちの坊ちゃんなのだから。

でもそのうち、どうもそうじゃないってことにぼくは気がついた。

藤堂さんは誰に対しても、何に対しても——それこそ庭の盆栽だろうが何だろうが——目線を逸らし、首を傾げ、背中を丸めて応対してたからだ(もしかしたら盆栽にも「臭わないすか」と訊いていたかもしれない)。首に持病でもあるんだろ、と涼はいってた。ちなみにそれも正解じゃないってことを、あとになってぼくは気づくことになる。

それはほんとうにずいぶんあと——悠有の一件がおわって何年もたってから——のこと

なのだけど。

「坊ちゃん」

「はい？」

「あんまり旦那さんに心配かけないように、よろしくお願いしますよ、ね？」

何をいわれたのか、分からなかった。

というわけでこの瞬間のぼくは、たいそう間抜けな餓鬼だったわけだ。

——なぜって、涼のハッキングのことをいってるんだと気づいたのは、もうちょっとあとの、取り返しのつかない状況になってからだったんだから。

＊

「あれータクト、遅かったねえ？」

広間に戻ると、ＴＴ体操・第三をやってる悠有がいた。涼と饗子は、部屋の隅のソファで議論の真っ最中。コージンはベランダにいて、二人の大声をＢＧＭ代わりに夕陽を眺めてる。ひどく当たり前の、「いつものぼくら」らしい光景。けれど、それは表面だけのことで、中身は全然違うってことになるんだ。涼の言い分が正しければ。

——ぼくは、なぜだか急に腹が立ってきた。

蚤の市で、掘り出し物の変速機を誰かに先に見つけられて、タッチの差で買われてしまった。そんな感じだった。その部品は、もともと欲しくもなんともなかったはずだったのに。それが掘り出し物だってことは、気づいてさえいなかったのに。

　ちくしょう、どうして気づかせるんだよ？

「どしたの、タクト？　大丈夫？」

「べつに。御茶菓子もらってただけ」

「あらぁ」悠有が、おばさんの声色を真似る。「もうじき夕食なのに。いけない子だわね！」

　ぼくは目線を逸らして、饗子たちの議論に耳を傾けるふりをする。

　動揺してないといったら嘘になる。でも、自分でも何に動揺してるのかよくわからなかった。涼のせいか、それとも悠有の物真似が上手すぎたせいか。

　頭の中では藤堂氏の一言が離れない。心配、心配、心配。ぼくの心配。饗子たちの心配。悠有が過去へは絶対に『跳べ』ないとしたら……ぼくらはどうすればいいんだろう。どうすべきなんだろう。そもそも、どうにかできることなどあるんだろうか。そんな言葉の破片は、さっきの涼の台詞とごちゃ混ぜになっていく。ぼくは心配する。涼も心配する。涼のお祖父さんも心配する。悠有はひとりで駆けていく。コージンは悠有のことが好きなんだよ。で、卓人は誰が好きなのさ？

　なんだろう、この莫迦ばかしいくらいの悲しさは？

「――それに、無線LANが可能なのだもの。テレパシーは基本的人権の一つとして認めさせるべきだわ。せめて新生児には与えるべきよ」饗子が急にふりむく。「ねえ、卓人はそうは思わないこと？」

「なんだよそれ。またアエリズム？」

「倫理的遺伝子工学の基本理念考察よ。前にもいったでしょう？　霊長類の全体的道徳的完成を鑑《かんが》みるに、電磁気的な遠距離交信くらいは最低限必要な能力だってこと。それから、前世も必要だわね」

「前世？　なんで？」ぼくは鼻で笑う。「そんなもん信じてんの？　いつから宗教にハマったわけ？」

「魂の転生は技術的問題だわ、信仰の対象ではなくて。ヒト科の前頭葉は可塑性が大きすぎるから何らかの抑制機構が必要だ、というところまでは合意したでしょ？　忘れたとはいわせなくてよ、連休の時の」

「憶えてるよ。攻性自殺者に対抗するには、善行の担保が要るって話だろ」

「そうよ。そのために最も効率的なのは、当然ながら『前世』と『来世』よね。古典宗教の難点は、それが実在しないという事実で……だから、無いなら創ってしまえばいいのよ！　どこかおかしくて？」

なんかいってやってくれ……と、コージンと涼が身ぶりでぼくに懇願する。

「ふーん」

というのが、その時のぼくの偽らざる感想だった。

テレパシー。ぼくらが無線でつながる未来。その頃には、こんなふうに理由もなく腹を立てずにすむんだろうか？

けっきょく饗子は、『遺伝子工学的な転生機能』というアイディアを例の宿題レポートに入れることにした。ぼくがそれを知ったのは、商店街事件の直後だったから、四日くらい先の話だ。

25

事件は花火大会三日前の十四日、夏休みに入って二度目の鉱一さんのお見舞いに行った日の夜におこった。

合宿は、じきに丸一週間になろうとしてた。悠有はTT体操ばかりが上手くなり、あいかわらず『跳ぶ』のをコントロールできなかった。息抜きが必要なんだろ、とぼくがいい、饗子が猛反対し、涼がおろおろして、コージンが欠伸をした。けれど、ともかく事はおこったんだ。

饗子の渋い顔を横目に、ぼくと悠有は合宿所から飛び出し、臼幡まで『アンダルシアの夏』を観に行くことに成功し、そのまま病院にも立ち寄り——帰り道、悠有が学校の校庭に忍び込もうよと急にいいだしたのは、なんでだったのか、けっきょく聞きそびれた。

七時ちょっと過ぎで、着いた時には門がもう閉まってた。

「夜の校庭だね」

悠有がつぶやいた。

両手の指でしっかりと金網をつかんで、額をぐっと押しつけて、それはまるでずっと昔にドキュメンタリー番組で見たような、ゲットーの外を眺めてる可哀想なユダヤ人の子供だった。金網はぼくらの身長の倍くらい高くて、しかも最上部が有刺鉄線だらけで外側に折り返してる。ゲットーというよりは強制収容所っぽい。

「当然じゃん。夜だし」

「でも『夜』と『校庭』が組み合わさってるのって、なんか楽しい気分にならない？

あたしだけかなあ」

「ふーん」たぶんそれは悠有だけじゃない。ぼくだって、実のところ、その時はたいそう感傷的な気分だったんだから。見慣れたはずのグラウンドには誰もいなくて、まるで別世界のミニアチュアのようだ。空との境目は藍色に溶けて、季節外れの螢がその中を舞う。ＪＲの列車の音が、高速を東京へ向かうトラックの群れの音が、街のざわめきが、通り過ぎてゆく。誰かがここで耳を澄ましているとも知らずに。

「ムギバタ球場の正捕手くん、本日はお休みです」悠有が笑った。

「ふーん」ぼくはもう一度くりかえす。どうやら悠有は、校庭でキャッチボールをやりたかったらしい。

「ねえ」

「なんだよ」

「『跳んで』みようか。そしたら、中に入れるかも」

「できないじゃん」ぼくはいう。合宿中に『跳べた』のは四回だけで、当人がコントロールしたわけでもない。

「できるかもよ。今回は」

「じゃあお好きにどうぞ」

よおし見てなさいよ、と咳払いしてから、悠有は数歩下がる。それから金網にむかって突進する。

（……もし悠有が、過去へは絶対に『跳べ』ないとしたら？）

「あ、莫迦」

「駄目でしたあ！──」

鼻の頭をおさえたまま、悠有は尻餅をついてしばらく唸ってた。

金網の振幅はゆっくりとおさまって、とうとう肉眼ではわからないくらいになる。悠有が与えたささやかなる運動エネルギーは拡散し終えて、そして……そしてどこへ行くんだろう？　ぼくは考えた。ぼくの幼なじみから発された作用、ぼくら以外は誰一人気にとめない小さな変化は。運動を経て、熱となって、姿ない何ものかに変化して。最後にそれは、どこへ辿り着くんだろう？

「タクトぉ」

彼女が当たり前のように差し出した手を、ぼくはできるだけ仏頂面をして摑んでやる。まったく、いつでもぼくが助けてくれると思い込んでるんだから困ったもんだ。ぼくがいなくなったら、どうするつもりなんだろう。あるいは、ぼくがいなかったら。

「だから、いったじゃん」

「なにごとも経験、だもん」

「へーそうですかい」

そしてぼくらは同時に頰をこわばらせ、ふりむいた。夕焼けとは反対側の方角へ。

追いかけるように、幾つものサイレン。

「火事だ」

「うん」

「行こう」

「うん！」

見物気分じゃない。

なぜって、猛スピードで駆けつけるドップラー効果の行き先、美しい紅色に燃え上がっていたその場所は、〈夏への扉〉がある商店街の一角だったんだ。

＊

火は、速かった。

何かに急《せ》かされるように〈寺前商店街〉の店舗を東から西へ次々とつたって、雑居ビルにまで達してた。ぼくらのよく知っている店ばかりだった。そして二軒先は、もう〈夏への扉〉だ。

商店街はそれほど広くない。一車線と両側の歩道くらいだ。そこへ消防車と、ホースと、消防士と野次馬と、ざわめきと浴衣の大群が詰めかけて、これっぽっちも隙間がなかった。ぼくは悪態をつく……〈図書館通り〉からじゃなくて、水路地を通って西へ回って、寺のほうから来るべきだったんだ。そうすれば、すぐに〈扉〉の裏に出れた。表通りが野次馬で混雑することぐらい、簡単に予測できたはずだ。なにを考えてんだ、阿呆卓人？　これっぽっちのことが手際良くできないのかよ？

（火ヲツケタ……火ヲツケタ……）

「タクト？　なんかいった？」

「べつに」

熱気、火の粉、サイレン、そして柱が折れて崩れる音。豆腐屋のお爺さんが、ああ、と声を上げる。彼の店が目の前で燃え落ちようとしている。

ものすごい数の携帯電話が、炎にむかって掲げられた。捧げられたのか？　あるいは、ぼくは笑い出しそうになった。そいつはまるで、ダンセイニあたりの掌篇に出てくる異教の祭祀そっくりだったからだ。

まったく唐突にぼくは想像する——こいつらの何割が、饗子の〈倶楽部〉に参加してるんだろうか？　やあ皆さん、画面でしか現実とコンタクトできない皆さん、ぼくが良い集まりを紹介してあげましょうか？

（火ヲツケタ……誰が？）

なんとかして〈夏への扉〉へ近づこうともがくうちに、ぼくの踵が誰かの脚にぶつかる。若い、痩せた男だ。見た目はいかにも大学生っぽい。ぼくとほぼ同じくらいの背丈、眼鏡の奥から細い目がこっちをじっと睨んでる。

「ワサノくん？」連れと思《おぼ》しき女性が、大学生（たぶん）の袖をひっぱる。「なに、どうしたの？」

「いや、ちょっと……」

「ごめんなさい、通してください！　通して！」

悠有が叫ぶ。ぼくは『ワサノくん』とやらに小さく謝罪の会釈をしてから、大群衆の奥へ走り去った彼女を追う。どういうわけか、悠有の足は速かった。火事場見物の連中をすり抜ける、というよりも非実体化して突き抜けていくみたいだ。『ワサノくん』はまだぼくらのほうを見たまんま、けれどやがて彼もケータイと浴衣の波に押されて視界から消える。後ろの〈図書館通り〉のほうから、どんどん見物人が増えているにちがいなかった。

「おばさんは⁉」

「わかんない！」

ロープが張られ、見物人どもは増え、ぎゅうぎゅう詰めでますます動けなくなる。そこへ火の粉が飛んでくる。どこかで子供の泣き声がする。パニック、という単語が脳内で派手に点滅する。あとは何か小さなきっかけさえあれば……。

「通して！　通して！　通してください！」

駄目だ、とぼくは思った。冷静になれ。これ以上近づくとこっちが危険だ。

「いっぺん離れたほうがいいって。悠有！」

「誰かに聞いてから……もうちゃんと安全なとこにいるよ、おばさん。まさかいつまでも、このへんに」

「でも！」

「でも、でも！　叔母さんて、けっこうトロいんだから！」

おまえがそれをいうのかよ！……と、ぼくは爆笑すれすれだった。けれど、文字どおり笑ってる場合じゃない。消防士たちが、群衆を下がらせようと絶叫してる。誰かがつまずき、三人分の体重がぼくの肩にのしかかる。どうもすいませんね消防士さん、指示は聞こえてるんだけど、誰も従えないんですよ！

そして、きっかけはやってきた——灰緑色の塗装もあちこち剝げかけたオート三輪が、

（火ヲツケタ……火ヲツケタ……オマエニ、未来ハナイ……）

あいかわらずの時速十二キロで。

いったい爺さんがどこの細道からここまで入ってきたのか、どうして警察は〈図書館通り〉全体を早めに通行止めにしておかなかったのか、そんなことを考えて憤慨してる余裕はこれっぽっちもなかった。

そもそも、オート三輪の爺さんだけじゃなかったんだ。そこらじゅうにバイク野郎や自転車おばさんがいた。茶髪と金髪と日焼けした連中。無責任な野次馬と、ほんのひと握りの被害者たち。まるで何かの厭味ったらしい縮図のように。

「…………!!」

悠有の腕を、ぼくはつかんで引き寄せた。

爺さんがハンドルを握ったまま、急にがっくりとうつむいた。茶髪どもが大声をあげながら暴走爺さんから逃げ出そうとした。警官の警笛が響いた。野次馬がドミノみたいにどんどん倒れた。オート三輪の前輪が大きく右に傾き、小さな女の子がその正面にいた。悠有が叫んだ。女の子のピンクのスカートが前輪と重なった。ように見えた。突然、ぼくの手は、もう何もつかんでなかった。

爺さんが地面に転がった。直後にぼくは理由《わけ》もなく、夜空を見上げた。饗子の空飛ぶ監視カメラはどこにもない。

女の子は——間違いなくオート三輪に轢《ひ》かれていたはずの泣き顔の子供は——きょとんとして、目の前のぼくの顔を見た。しかたなく、ぼくはにっこりと微笑んでみせた。大通りのほうでは、野次馬の大半が折り重なって倒れ、ものすごい騒ぎになってた。革ジャンを着てギターらしき楽器を背負った長髪男が数人、爺さんに近寄って助け起こした。ぼくと女の子のことを気にしてるやつは、誰もいない。

悠有とオート三輪は消えていた。

＊

——近くの路地から悠有が顔を出したのは、たっぷり五分ほど経ってからだ。オート三輪は奥のほうで横倒しになってる。

「もう大丈夫？」

「大丈夫」ぼくはうなづいてみせる。「誰もこっち見てなかったよ」

それは本当だった。

さっきの大学生が、

——なかじょー、さっきの見た？　見ただろ、ねえ！

——だから何も見てないってば。ワサノくんたら大丈夫？　頭ぶつけた？

そんなふうに一人で騒いでるのは聞こえてた。けれど大半の連中は、ひっくり返って圧死しそうになった自分たちの安全のことで精一杯だったし、それに火事のほうもようやく鎮まってきて、無事だったやつらはそっちの見物に熱中してた。ピンクのスカートの女の子も、白い棒を持った警官がどこかへ連れていって、もうどこにも姿はなかった。

ぼくは必死で思い出さないようにした。

悠有が消えた瞬間のことを。その瞬間、ぼくの心臓が叫んだことを。ぼく自身にもわからない、言葉にならない言葉を。

「どう？」

「何が」

「できたでしょ？」

「だから何が」

「ってもう、タクトいじわるなんだから。『跳べた』ってことだよ。ちゃんと」

「へー、そうなの？」

「そうだよ！」

悠有の頬が火照《ほて》ってた。それは、たしかに火事のせいじゃなかった。ぼくは驚かなかった。当然だ。

悠有は、やりとげたんだから。

走り出し、突っ込んできたオート三輪に必死で手を伸ばし、そして……一瞬のタイミング、ぎりぎりの成功だ。爺さんがこけて落ちてなければ、たぶんもっと事件になってただろう。あるいは、野次馬が勝手にドミノ倒しをしてなければ。連中はみんな見たことだろう。爺さんの尻の下で突如としてオート三輪が消失し、謎の女子高生が不思議な超能力でもって女の子の命を救うところを。紳士淑女の皆様、どうか御覧下さい、我らがスーパーヒロイン、パワーパフ・悠有の初仕事であります！　危機また危機、手に汗握る興奮、痛快無比の大団円！……

そう、悠有はたしかに興奮してた。

(役に立つこと……他人を無償で助けること)

どこかで消防士の怒鳴り声が聞こえた。

炎は、だんだんとおさまりかけてた。まるで、喉の奥の違和感と歩調をあわせるように。

ごくろうさま、消防士さん。レスキュー隊のみなさん。ぼくの中で無数の群衆が拍手をする。携帯を掲げながら。

(役に立つこと)

(誰かを助けること)

なんて不思議な呪文だろう。

ぼくらは、なんて不思議で単純な機構で動き出すんだろう。

たったそれだけのために。誰も見ていないかもしれないのに。なるほど、たしかに饗子の主張するとおり、ヒト科の大脳にはいろいろバグがありそうだ。

あとになって考えてみれば、この時が最初だったんだと思う。悠有が初めて、例の計画を思いついたのは。これまでみたいに、饗子のアイディアを後追いで手伝うだけの〈プロジェクト〉じゃない。自分だけの、自分で思いついた計画だ。

悠有の中で自然に芽生えたものだ。

能力を何かに使うこと。使いこなすこと。

だってね、タクト——と悠有はあの時いったんだ——今までいろんな〈プロジェクト〉やってたけど、あたしが中心になってるのって初めてだもん。ぼくは憶えてる、悠有がどれほど誇らしげにそう答えたのかを。

「ねえ、タクト」

「なに」

「もしも、もしもだよ──あたしが……思いっきり走ってね……思いっきり『跳んで』みたらね、そしたら……」

「絶対こけるね。全速力で走ったら」

「そうじゃなくって！　真面目な話なんだから」

「じゃ、せめてその前に煤《すす》だらけの顔を洗うべき」

「え？　ついてる？」

「嘘」

「んもう、卓人のいじわる！」

ぼくは適当にスペイン異端審問のポーズをとってみせる。でも、考えてたのは別のことだ。

ぼくの喉の奥にある、あらかじめ失われた未来のこと。饗子の妖しい動機のこと。コージンと『ノリコ』のこと。ぼくらの街の、どうしようもない水質汚染のこと。

そして鉱一さんのこと。

（もし悠有が、過去へは絶対に『跳べ』ないとしたら？）

往ったきりで、戻ってこれないとしたら？

もちろん、そんなことを悠有がするわけがない。たった一人の病身の兄を置いてけぼりにして。往ってしまうはずがない。ぼくには確信があった。

でも同時に、ぼくの喉の奥には、例の違和感もあったんだ。

悠有の言葉の行く先を、ぼくは静かに想像する。

もしも、往ってみたとしたら。どこまで往けるだろう。時間と空間を超える能力者は、無限小と無限大のあいだを駆ける彼女は。どこまで往けるのだろう。どこまで往くつもりなのだろう？……


……〈寺前商店街〉半焼事件の放火犯から、悠有に三通目の脅迫状が送られてきたのは、その二日ぐらいあとだ。

文面は、今でも憶えてる。こんな感じだ。

――オレガ　火ヲツケタ
　オマエハ　オレノ顔ヲ見タ
　モウ　オマエニ　未来ハ　ナイ

話の先回りをするのはルール違反かもしれない。けれど、あれはそういうことだったんだ。あの商店街の火事自体が先回りだった。一歩早く訪れる予兆、無関係な断片をかき集めて一点に絞り込むための凸レンズ――あるいは心拍数を上昇させながら一気に坂を駆け降りる長距離競技用自転車《ロードレーサー》――避けがたい結果《エンディング》を一刻も早く呼び込むための、あの炎は未来からの呼び声《エコー》だったんだから。

今でも時々思うことがある。あの時ぼくらが校庭の前で時間をつぶしてなかったら、どうなっていただろうかと。火事がおきる前に、それぞれの家へ予定どおり帰っていたら。二人で一緒に現場を見に行かなかったら。悠有があの女の子を助けなかったら。悠有が『跳ば』なかったら。

けれど、もう遅い。

なんとも陳腐な言い回しになるけど、ようするにその時のぼくはまだ事態の本質を理解してなかったんだ。
――この宇宙は一回きりで、二度目の機会《セカンド・チャンス》なんか無いってことを。

（第2巻へ続く）

築城以前の辺里

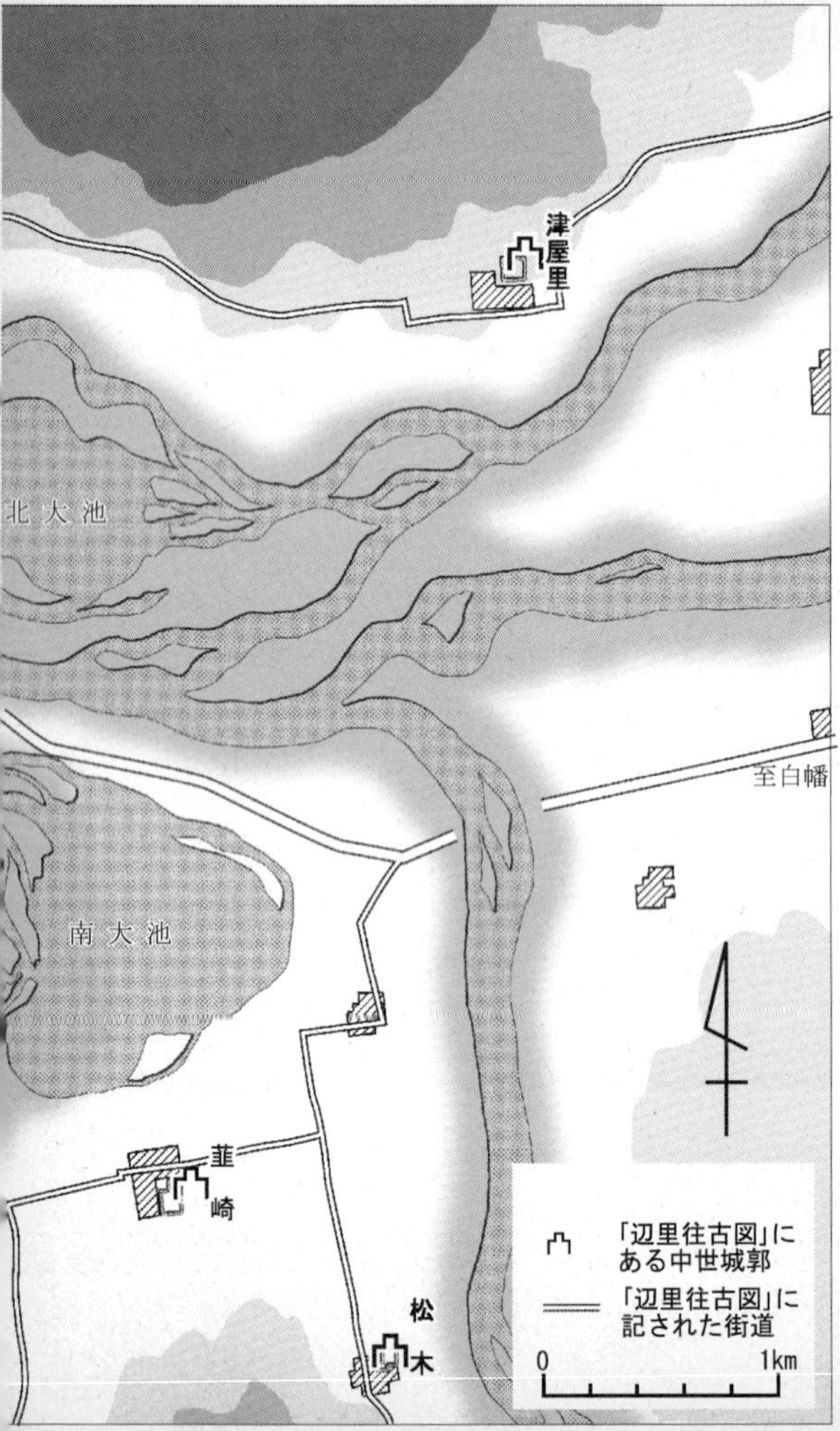

辺里盆地西部の河川は、現在とは異なった流路だったことが発掘調査によって確認されている。江戸時代に作成された「辺里往古図」によれば、善福寺川・桃園川・出流川の三川が奔放に流れ、現在の水天宮(諏訪神社)付近で複雑に合流しており、不安定な場所だったことが推測される。

（『辺里城の400年』 辺里市歴史民俗資料館図録 1990年 所収図をもとに修正加筆）

著者略歴　生年不詳，作家・架空言語設計家　著書『蓬萊学園の犯罪！』『ジェスターズ・ギャラクシー』『星の、バベル』他多数

HM=Hayakawa Mystery
SF=Science Fiction
JA=Japanese Author
NV=Novel
NF=Nonfiction
FT=Fantasy

サマー/タイム/トラベラー 1

〈JA745〉

二〇〇五年六月　十　日　印刷
二〇〇五年六月十五日　発行
（定価はカバーに表示してあります）

著　者　新《しん》城《じょう》カズマ
発行者　早川　浩
印刷者　矢部一憲
発行所　株式会社　早川書房
郵便番号　〇一‐〇〇四六
東京都千代田区神田多町二ノ二
電話　〇三‐三二五二‐三一一一（大代表）
振替　〇〇一六〇‐三‐四七七九九
http://www.hayakawa-online.co.jp

乱丁・落丁本は小社制作部宛お送り下さい。
送料小社負担にてお取りかえいたします。

印刷・三松堂印刷株式会社　製本・株式会社明光社

ISBN4-15-030745-8 C0193